**Bertrand MURAT**

**et Xiao MEI**

# *Mon Elsa*

**Les Presses du Midi**

Conception et réalisation de la couverture
**Bertrand MURAT et Xiao MEI**

Mise en page
**Xiao MEI**



Impression PDM

---

121 avenue d'Orient - 83100 Toulon
Tel. : 04 94 16 90 20 - Fax : 04 94 16 90 29
Dépôt légal avril 2001
ISBN : 2-87867-312-3

À mon Elsa...

给我的爱丽丝......

Merci à ma petite soeur.

谢谢我的妹妹。

# Préface

Le recueil ici présenté est marqué du sceau original en matière poétique d'une alliance d'oppositions linguistiques, d'un clair-obscur rythmique, d'une alternance culturelle et affective entre un adret occidental et un ubac oriental. Sans se départir d'une fraîche spontanéité, « Mon Elsa » relève un réel défi sur le plan formel et expressif : les poèmes en français de Bertrand Murat, à la surface desquels affleure une sensibilité inspirée, sont transposés vers le chinois par Xiao Mei, formée dès l'âge de quatre ans aux sons et aux images de la poésie traditionnelle chinoise. Puis le poème chinois revient sur ses pas, raccompagné par Xiao Mei, emprunte un autre chemin, et parvient à la source sans y parvenir tout à fait, se retrouvant quelque peu décalé par rapport à elle.

Quand ici « le vent a soufflé », là « la brise a soufflé tendrement », quand ici il s'agit de vivre « d'un coup dans un monde en noir et blanc », là « d'un coup le monde devient noir et vide », ici « le cheval est blessé, les naseaux sur le pavé », là « la tête sur le pavé et les larmes perlent ». Ici et là, et dans l'interstice, le creuset de deux prosodies, mais également de deux mondes linguistiques, de deux univers graphiques, de colorations différentes dans le rapport au monde et aux êtres, de deux sensibilités.

Grâce à la continuité que permet la poésie narrative, un enchaînement de reflets et d'effets de perspective se disposent sous les yeux du lecteur.

Ce recueil s'intitule « Mon Elsa », et nombre de poèmes évoquent Prévert.

De « Cale sèche » à « Si », de « La leçon de choses » à « Infiniment », autant de poèmes à deux voix et de poèmes à deux voies, la voie des signes et de leur sens diffus d'une part, et la voie des lettres qui découpent et qui donnent du tranchant aux mots...

... et c'est ainsi qu'on lit le poème et son contre-chant entrelacés, qu'on les lit et que peu à peu, imperceptiblement et naturellement, on les lie…

Joël Bellassen
Professeur des universités

# Sommaire

# Explication de texte

En français : Les textes originaux.

En chinois : La traduction.

Sensibilité chinoise : La version chinoise revient au français.

Le français est une écriture phonétique dont les mots peuvent comporter une seule ou plusieurs syllabes. Le chinois s'écrit avec des idéogrammes, les caractères chinois n'ayant qu'une seule syllabe.

Pour traduire une poésie française en chinois, deux techniques sont possibles.

La première respecte le texte original, mais ne s'occupe pas des pieds et des rimes, de façon à traduire la poésie française sous la forme de prose poétique.

La seconde autorise l'ajout ou le retrait de certains mots, à condition de ne pas déformer la substance du texte original, pour ordonner les pieds et les rimes et respecter les versifications entre les deux langues.

Pour ce livre nous nous sommes servis de cette dernière en introduisant la coloration qui caractérise la sensibilité de la culture chinoise.

J'ai cueilli des fruits, des fruits de mon verger. Pour vous je les ai mis dans un beau panier d'osier.

Si vous me demandiez : « De quel arbre vient chacun de ces fruits ? » je ne pourrais vous répondre.

Alors, je vous dirais « ils viennent de mon verger ! »

我摘了一些果子，一些我果园中的果实。为了你们我把它们放在一个美丽的柳条蓝里。

如果你们问我:“这些果子来自哪棵果树?”我不能回答你们。

那么，我就对你们说“它们来自我的果园!”

Sensibilité chinoise

J'ai cueilli des fruits, des fruits de mon verger. Pour vous je les ai mis dans un beau panier d'osier.

Si vous me demandiez : « De quel arbre vient chacun de ces fruits ? » je ne pourrais vous répondre.

Alors, je vous dirais « ils viennent de mon verger ! »

## Les fleurs

Les fleurs donnent à la vie des parfums, des couleurs.
Elles donnent aussi l'image des élans du coeur.
Elles sont des messagères porteuses de bonheur.
Elles jalonnent nos routes, fleurissent et puis... meurent.

C'est un instant magique et pourtant éphémère,
Quand on offre des fleurs pour un anniversaire.
Elles ne durent qu'un temps, mais nous font mesurer
La teneur du message et sa pérennité.

# 花

花给生活带来了芳香和绚丽。
花也展示其心中奔放的情意。
它们是一些孕育幸福的使节。
以吐芳为我们置标，然后.... 安息。

这是瞬间昙花一现般的神奇，
当人们在生日时以赠花为礼。
花虽飘香一时，但让我们感到，
其瞬间的永恒和喻义的哲理。

## La sensibilité chinoise

Les fleurs donnent à la vie des parfums, des diaprures.
Les fleurs manifestent aussi la passion des élans du coeur.
Elles sont des messagères porteuses de bonheur.
Qui sacrifient leur beauté comme jalons et vont... au repos éternel.

C'est un instant magique et pourtant éphémère,
Quand on offre des fleurs pour un anniversaire.
Elles ne diffusent des fragrances qu'un temps, mais nous font mesurer
La pérennité dans l'instant et la teneur philosophique.

# J'avais 20 ans

Mon bon monsieur quand j'avais 20 ans
Tout allait bien, les gens étaient contents
On se contentait de peu on n'était pas gourmand
On travaillait dur et c'était enrichissant.

Les jeunes sont creux, en plus rien ils ne croient,
Tout leur est dû, ils ne doivent avoir froid,
Tous les soleils se lèvent sans toucher à rien
À quoi ils croiraient puisqu'à faire il n'y a rien.

Mon bon monsieur quand j'avais 20 ans
L'éducation n'était pas comme maintenant
On marchait au pas en chantant
Pour fêter son pays, son père, sa maman.

Les jeunes sont creux, en plus rien ils ne croient,
Tout leur est dû, ils ne doivent avoir froid,
Tous les soleils se lèvent sans toucher à rien
À quoi ils croiraient puisqu'à faire il n'y a rien.

Mon bon monsieur j'ai aujourd'hui 20 ans
N'oubliez pas que vous étiez nos parents
Si creux que nous soyons maintenant
Merci à vous lorsque vous aviez 20 ans.

Les jeunes sont creux, en plus rien ils ne croient,
Tout leur est dû, ils ne doivent avoir froid,
Tous les soleils se lèvent sans toucher à rien
À quoi ils croiraient puisqu'à faire il n'y a rien.

C'est quand même vachement décourageant
D'être obligé d'excuser nos parents
Qui nous reprochent plutôt souvent
D'avoir grandi en les regardant.

Les jeunes sont creux, en plus rien ils ne croient,
Tout leur est dû, ils ne doivent avoir froid,
Tous les soleils se lèvent sans toucher à rien
À quoi ils croiraient puisqu'à faire il n'y a rien.

# 我20岁时

我的好先生你知道，我20岁时
一切都非常好，人人兴高采烈
个个快乐知足，而且都不贪食
大家埋头苦干在这小康时期。

年轻人很单纯，何曾畏尾畏首
理所当然，饭来张口衣来伸手
每天日出日落同一天地宇宙
为什么平白无故没事找忧愁。

我的好先生你知道，我20岁时
教育问题不象现在这样重视
人们走一步唱一步高兴之至
为祖国，为父母，常常作诗献辞。

年轻人很单纯，何曾畏尾畏首
理所当然，饭来张口衣来伸手
每天日出日落同一天地宇宙
为什么平白无故没事找忧愁。

好先生你知道，今天我已二十
不能忘你们是我父母在今世
算我们现在不成大器欠才识
感谢你们20年养育义不容辞。

年轻人很单纯，何曾畏尾畏首
理所当然，饭来张口衣来伸手
每天日出日落同一天地宇宙
为什么平白无故没事找忧愁。

这一切多少使我们有点泄气
必须原谅父母哪怕带着叹惜
何必经常指责我们不肯努力
我们只是向启蒙老师学而已。

年轻人很单纯，何曾畏尾畏首
理所当然，饭来张口衣来伸手
每天日出日落同一天地宇宙
为什么平白无故没事找忧愁。

## Sensibilité chinoise

Mon bon monsieur, savez-vous, quand j'avais 20 ans
Tout allait bien, les gens étaient contents
Chacun se contentait de peu, on n'était pas gourmand
On travaillait dur et c'était une voie d'enrichissement.

Les jeunes sont simples, ils n'ont peur de rien,
Évidemment, ils ne doivent avoir froid ni faim,
Tous les soleils se lèvent dans le même univers
À quoi bon se faire des cheveux blancs quand on n'a rien à faire.

Mon bon monsieur quand j' avais 20 ans
L'éducation était moins importante qu'aujourd'hui
On était fou de joie à marcher au pas en chantant
Pour notre pays, nos parents, on improvisait
Souvent des poésies et des louanges.

Les jeunes sont simples, ils n'ont peur de rien,
Évidemment, ils ne doivent avoir froid ni faim,
Tous les soleils se lèvent dans le même univers
À quoi bon se faire des cheveux blancs quand on n'a rien à faire.

Mon bon monsieur j'ai aujourd'hui 20 ans
Il ne faut pas oublier que vous êtes nos parents dans cette vie
Bien que nous ne soyons pas très brillants à présent
Nous vous devons merci de nous élever pendant 20 ans.

Les jeunes sont simples, ils n'ont peur de rien
Évidemment, ils ne doivent avoir froid ni faim,
Tous les soleils se lèvent dans le même univers
À quoi bon se faire des cheveux blancs quand on n'a rien à faire

C'est quand même vachement décourageant
Il faut excuser nos parents même en soupirant
Pourquoi nous reprochent-ils souvent de ne pas faire d'efforts?
Nous apprenons par les premiers initiateurs que sont nos parents.

Les jeunes sont simples, ils n'ont peur de rien
Évidemment, ils ne doivent avoir froid ni faim,
Tous les soleils se lèvent dans le même univers
À quoi bon se faire des cheveux blancs quand on n'a rien à faire.

# Petit poisson

J'étais comme un con avec mes congénères,
Comme un arbre quelconque pourquoi pas conifère,
Dans une forêt épaisse bordant une rivière,
Une espèce de sapin au milieu de ses frères.

Mes branches se miraient dans l'eau de la rivière,
Regardant les poissons vivre d'une manière
Affolante pour un arbre dont les pieds dans la terre,
Ne laissaient comme avenir qu'un retour en poussière.

Mais un jour de novembre vit passer une sorcière,
Aux idées saugrenues de mariages temporaires
Qui, d'une formule magique psalmodiée en vers,
Transforma un poisson en guirlande de lumière.

Sur un arbre choisi au milieu de ses frères
La guirlande se posa, c'était moi tant qu'à faire,
Et des pieds à la tête réchauffa l'atmosphère,
C'était pour les fêtes donc temporaire.

D'un twist endiablé mes branches s'enflammèrent
Au figuré bien sur, tous mes noeuds s'activèrent
Cette chaleur diffusée, par mes extrémités
Faisait monter ma sève et mes pommes s'ouvraient.

J'étais le plus beau au coeur de cet hiver,
Le plus rayonnant au milieu de mes frères,
Lorsque le vent soufflait pour glacer mes artères,
Ma guirlande redoublait d'effets calorifères.

Et un jour de printemps fit revenir la sorcière,
Qui demanda à l'arbre ce qu'il voulait faire,
Si cette chaleur agréable avait pu lui plaire,
Si en éternité transformer le temporaire.

Non dit la guirlande clignotante de colère,
Je veux retourner avec mes congénères,
L'instant fut magique voire extraordinaire,
Mais c'est pas raisonnable de rester sur la terre.

Et le poisson retourna dans l'eau de la rivière
Et au bout de trois jours ne sachant plus que faire
D'un saut majestueux sauta de la rivière
Au pied de son arbre, pour finir en poussière.

# 小鱼

我那时很老实和我的同属在一起，
同任何一棵树一样没受特别怜惜，
在靠近小河边的一个森林的深处，
一棵松树和它众多兄弟同住共栖。

我的枝叶一直垂沿到河边的水中，
观察着鱼儿生活在水里来去匆匆，
为一棵根深扎在土中的树而发疯，
就这样只让前程重新回到尘埃中。

在一个十一月的一天来了个巫婆，
提出演个有时间性婚姻的怪节目，
以一个非常美丽的神话般的形式，
把一条鱼变成一个花环闪着光波。

在众多的同属兄弟中选出一棵树，
这角色闪光的花环指定非我莫属，
我从头到脚被这气氛燃烧了起来，
这时间性的节日只是巫婆 的魔术。

一个摇滚舞把我枝叶全部抖起来，
当然是比喻，我一切机能处于动态，
这激情一直传到，我树枝的最顶端，
既使我元气大振又使我喜笑颜开。

在这寒冷的冬天中我受最多爱抚，
在众多兄弟中我被阳光普照过度，
当呼呼吹着的寒风想要冻僵我时，
我的闪光花环双培增加它的温度。

某春天中的一日巫婆又前来拜访，
她问这棵树是否愿意实现那希望，
如这些曾能使它高兴迷人的热忱，
让永恒从现在起转为瞬间又何妨。

不说闪光的花环这时喷射着怒火，
我早就愿回到我自己的天地部落，
瞬间的把戏的确很好玩我可考虑，
但这并不合理留在人间长期生活。

就这样鱼儿又重回河中自由逍遥，
在三天之后再也不知道如何是好，
从小河里绝望地跃起神圣的一跳，
一头撞在它的树根上，又变尘埃了。

## Sensibilité chinoise

J'étais bien candide avec mes congénères,
Comme un arbre quelconque pas spécialement choyé par quelqu'un,
Dans une forêt épaisse bordant une rivière,
Une espèce de sapin qui vit au milieu de ses frères.

Mes branches se miraient dans l'eau de la rivière,
Regardant les poissons faire précipitamment des allers et retours dans l'eau
Affolants pour un arbre dont les pieds dans la terre,
Ne laissaient ainsi comme avenir qu'un retour en poussière.

Mais un jour de novembre vit passer une sorcière,
Qui proposa de faire un spectacle saugrenu de mariages temporaires,
Avec une très belle formule tirée de la mythologie,
Transforma un poisson en guirlande de lumière.

Sur un arbre choisi au milieu de ses frères
La guirlande se posa, ce rôle était pour moi tant qu'à faire,
Et des pieds à la tête réchauffa l'atmosphère,
Ces fêtes temporaires ne furent que des magies de sorcière.

D'un twist endiablé mes branches s'enflammèrent
Au figuré bien sûr, toutes mes fonctions s'activèrent
Cette chaleur diffusée, par mes extrémités
Faisait monter ma sève et me faisait m'épanouir.

J'étais la personne qui avait reçu plus de câlins au coeur de cet hiver,
Le plus rayonnant au milieu de mes frères,
Lorsque le vent soufflait pour glacer mes artères,
Ma guirlande redoublait d'effets calorifères.

Et un jour de printemps fit revenir la sorcière,
Qui demanda à l'arbre s'il voulait réaliser ce rêve,
Si cette chaleur agréable avait pu lui plaire,
Si en éternité transformer dès maintenant le temporaire.

Non dit la guirlande clignotante de colère,
Je veux retourner à ma tribu avec mes congénères de toujours,
L'instant qui fut si magique voire extraordinaire que cela m'a tenté,
Mais c'est pas raisonnable de vivre indéfiniment sur la terre.

Le poisson retourna dans l'eau de la rivière avec désinvolture,
Et au bout de trois jours ne sachant plus que faire
D'un saut majestueux sauta désespérément de la rivière,
Au pied de son arbre, pour finir en poussière.

# Rien

Quand tu couches dans ton lit avec la vermine,
L'estomac gargouillant, plutôt... criant famine,
Tu volerais ton prochain, quoi... de maigres rapines?
Tu chasserais les chiens qui sur toi urinent.

Roulé sur le trottoir, domicile des clodos,
Dans des sacs poubelles vidés aux caniveaux,
Tu cherches un peu la paix, juste un peu de repos,
Te chauffant comme tu peux sur cette bouche de métro.

T'as le nez boursouflé, le nez bleu d'alcoolo,
Tes chaussures trouées laissent pénétrer l'eau,
Tu tousses, de fumer tous ces sales mégots,
Tu ne sais même plus ton âge, le vin fait son boulot.

Dans cette merde où tu vis ou plutôt où tu crèves
Il n'y a pas de Jésus pour te dire : je te relève !
De tes épreuves, tes malheurs aujourd'hui c'est la trêve !
Mange le gâteau des rois, c'est toi qui a la fève !

## 一无所有

当你和蠕虫同床共寝的时光，
胃在咕噜咕噜地叫，饥饿难挡，
你抢眼前的，管它是干瘪臭虫，
你驱赶在你身上撒尿迷路狗。

到处徒步飘泊，宿在人行道上。
就在阴沟边那空的垃圾袋里，
找一点平安为了瞬间的休息，
在地铁出口处温暖一下自己。

冻紫的酒糟鼻流着清水鼻涕，
穿窟的鞋帮邋蹋地拖在水里，
咳嗽是因吸这些抹来的烟蒂，
酒精使你不再知道你的年记。

在这绝境中你活着还是衰竭，
不会有耶稣对你说：让我扶你！
你的忍受，你的伤心从今休止！
吃主显节蛋糕时，小瓷人属你！

### Sensibilité chinoise

Quand tu couches dans ton lit avec la vermine,
L'estomac gargouillant, car la faim est irrésistible,
Tu volerais quelque chose sous tes yeux, quoi... de maigres rapines,
Tu chasserais les chiens perdus qui sur toi urinent.

Errer dans les rues, roulé sur le trottoir,
Dans des sacs de poubelles vidés aux caniveaux,
Tu cherches un peu la paix, juste un petit moment de repos,
Te chauffant comme tu peux sur cette bouche de métro.

T'as le nez boursouflé, le nez bleu d'alcoolo,
Tes chaussures trouées laissent pénétrer l'eau,
Tu tousses de fumer tous ces sales mégots,
Les alcools font que tu ne sais plus ton âge.

Dans cette merde où tu vis ou plutôt où tu crèves
Il n'y a pas de Jésus pour te dire : je te relève !
De tes épreuves, tes malheurs aujourd'hui c'est la trêve !
Mange le gâteau des rois, c'est toi qui a la fève !

# Cale sèche

C'est comme ce bateau au port de nulle part,
Un deux mâts coque bois, tenu par cinq amarres,
Sur lequel tu t'installes les jours beaux, les jours noirs,
Dans lequel tu voyages, c'est toi qui tiens la barre.

Tu profites du clapot que la digue laisse voir,
Aux pairs de ce deux mâts, aux galères, aux bagnards,
Comme une figure de proue au sextant aléatoire,
Tu savoures ta croisière, c'est toi qui montes le quart.

Quelquefois tu penses à larguer ces amarres,
Retrouver l'océan, un lagon vers nulle part,
Mais on ne revit jamais les moments provisoires,
Qui tous mis bout à bout, font la vie jusqu'à ce soir.

Caché sous ta casquette, tu occultes ta mémoire,
Tu hisses toutes les voiles et le pavillon noir,
C'est l'heure de la bordée, tu tires à boulets rouges,
Puis retour au feu de bois, canapé, case départ.

C'est comme ce bateau, en cale sèche ce soir,
Mis à prix et vendu, donné, vas savoir ?
Remis dans sa bouteille entre Beaudelaire et Ronsard,
Sur l'étagère du bas, faut s'asseoir pour le voir.

# 搁浅

这好象是条不知去向而停港的船，
一条被五根缆绳绛住的双桅木帆，
天空晴朗雷电闪闪你都定位在上，
就靠你一个人掌舵在这旅程茫茫。

只有那海水撞击大堤时的拍拍声，
探望这苦役犯在船上服他的苦刑，
就象是船首头像上的六分仪失真，
是你日夜交替品尝着苦涩的航程。

曾有几时你也想要松掉这些缆绳，
重回太平洋，象条没目的地的小船，
哪怕是瞬间刹那再不能相遇相逢，
这用生命慢慢组成直到今晚此辰。

躲在你的头盔下，隐匿起你的记忆，
升起你全部的帆和那海盗骷髅旗，
待到舷炮齐射时，你猛烈攻击发泄，
压下烧红的炮弹，一次次周而复始。

这好象是条今晚要拉上岸的小船，
马上就知道是奉送，还是标价出售？
置入在博德莱，或洪萨得的酒瓶中，
坐下方能看到，因搁在书橱最低层。

## Sensibilité chinoise

C'est comme un bateau au port de nulle part
Un deux mâts coque bois, tenu par cinq amarres,
Sur lequel tu t'installes les jours beaux, les jours d'orage,
Dans lequel tu fais un voyage immense, c'est toi seul qui tiens la barre.

Ayant seulement du clapot que la digue laisse voir
Aux pairs de ce deux mâts, aux galères, aux bagnards,
Comme une figure de proue au sextant aléatoire,
C'est toi qui gardes le jour ou la nuit, tu savoures la croisière amère.

Quelquefois tu avais pensé à larguer ces amarres,
Retrouver l'océan, un lagon vers nulle part,
On ne rencontre plus jamais même provisoirement les instants,
Qui tous mis bout à bout font la vie jusqu'à ce soir.

Caché sous ta casquette, tu occultes ta mémoire,
Tu hisses toutes les voiles et le pavillon noir
C'est l'heure de la bordée, tu attaques très fort pour te décharger,
Puis retour au feu de bois, encore une fois case départ.

C'est comme ce bateau, en cale sèche ce soir,
Mis à prix et vendu, ou donné, vas savoir ?
Remis dans sa bouteille entre Beaudelaire et Ronsard,
Sur l'étagère du bas, faut s'asseoir pour pouvoir le voir.

# Claque

Portion congrue mensuelle de tendresse,
Régime minceur pour toutes les caresses,
Weight watcher est passé par là,
Juste derrière sa première grossesse.

Premier week-end à se faire la tête,
Après des semaines sans épices et sans sel,
Les fêtes passent et c'est du pareil au même,
On se construit un univers parallèle.

Un peu de sport, un p'tit café et des rêves,
Faire un loto, rêver voitures et voyages,
Voir les copains et se faire des moules frites
Des parties de pêche, et on oublie la suite.

Puis, un midi, on croise une femme qui nous marque
On s'demande qui c'est, et pourquoi ?
Et c'est la nôtre, qu'on ne voit même plus s'habiller,
Avec un autre en voiture dans un coin caché...

Et merde !

## 耳光

本堂神甫俸禄般的温柔，
象处于减肥阶段的挑逗，
不平衡就是从这里开头，
在她第一次生小孩之后。

第一个周末就拉长着脸，
以后的星期也淡而无味，
过年过节也是千篇一律，
各自建立一个宇宙世界。

一点运动，一点咖啡加梦，
买张彩票，梦想环游全球，
去看朋友，吃点苔菜土豆，
出去钓鱼，也就忘记了以后。

某中午，有位女士好注目，
心中自问，这是谁，为什么，
什么？竟是我的！一丝不挂，
在一暗角和另一人在车里：

他妈的！

## Sensibilité chinoise

Portion congrue mensuelle de tendresse,
Régime minceur pour toutes les caresses,
Le déséquilibre commence par là,
Juste derrière sa première grossesse.

Premier week-end à se faire la tête,
Après des semaines fades et sans goût,
Les fêtes et le nouvel an sont aussi uniformes,
Chacun se construit son univers.

Un peu de sport, un petit café au rêve,
Faire un loto, rêver de faire le tour du monde,
Voir les copains et manger un peu de moules frites
Des parties de pêche, et oublier ainsi la suite.

Puis, un midi, une femme qui nous marque
On s'demande qui c'est, et pourquoi ?
Quoi ? C'est la mienne ! Qu'on ne voit même plus s'habiller
Avec un autre en voiture dans un coin caché...

Et merde !

# Seul

La lueur du Zippo éclaire mes yeux,
C'est la troisième fois en moins de deux,
La nuit est calme, je suis là comme un con,
En train de fumer sur mon balcon.

J'ai pas sommeil, mon esprit vagabonde,
Maison, boulot, amour, la vie, le monde,
Faut pas fumer, je sais que c'est pas bon,
Quand ça ne va pas, qu'est-ce que je peux être con !

Le ballon de rouge allume dans mes yeux,
Une vitrine où souvent il pleut,
Pas de destination vers le soleil des tropiques,
Quelques verres c'est moins cher, et surtout plus pratique.

J'ai pas sommeil, mon esprit vagabonde,
Maison, boulot, amour, la vie, le monde,
Faut pas boire, je sais que c'est pas bon,
Quand ça ne va pas, qu'est-ce que je peux être con !

Des fois, je pense à me faire péter le caisson,
La joie des autres me fait descendre un échelon,
Ce paradis est peut-être après l'horizon !
Il faut que je m'arrête ou je vais perdre la raison.

J'ai pas sommeil, mon esprit vagabonde,
Maison, boulot, la vie, le monde,
Faut pas craquer, je sais que c'est pas bon,
Quand ça ne va pas, qu'est-ce que je peux être con !

J'ai pas sommeil et c'est toujours pareil,
Maison, boulot, la vie, le monde,
Faut pas craquer, je sais que c'est pas bon,
Quand ça ne va pas, qu'est-ce que je peux être con !

J'ai pas sommeil...

# 孤独

打火机的火苗在我眼前生辉，
在很短的时间里已是第三回，
静静的深夜衬托着我的迷茫，
我独自沉思着在阳台上抽烟。

我没倦意，我的思絮漂忽不定，
家庭，事业，人间天地，生活，爱情，
不要抽烟，我明知道这样不好，
当不行时用尼古丁麻醉逍遥。

眼眸辉映出斟着红酒的酒杯，
一玻璃酒柜中的雨和愁相陪，
毫无目的朝着太阳的回归线，
几杯酒，特别管用，不花很多钱。

我没倦意，我的思絮漂忽不定，
家庭，事业，人间天地，生活，爱情，
不要喝酒，我明知道这样不好，
当不行时，在酒精中解脱无聊。

有时我想使自己的脑袋爆炸，
在别人幸福前我找到了级差，
这伊甸园也许在地平线东方，
要么结束自己要么作出决定。

我没倦意，我的思絮漂忽不定，
家庭，事业，人间天地， 生活，爱情，
不要消沉，我明知道这样不好，
当不行时，我只能如此傻乎乎。

我没倦意，总是一样没有倦意，
家庭，事业，人间天地， 生活，爱情，
不要消沉，我明知道这样不好，
当不行时，我只能如此傻乎乎。

我没倦意 .........

## Sensibilité chinoise

La lueur du Zippo éclaire encore devant mes yeux,
C'est la troisième fois en moins de deux,
L'épaisse nuit calme fait ressortir mes perplexités,
Je me plonge dans la méditation en fumant, seul sur mon balcon.

J'ai pas sommeil, mon esprit vagabonde,
Maison, boulot, le monde, la vie, l'amour,
Faut pas fumer, je sais que c'est pas bon,
Quand ça ne va pas je m'étourdis de nicotine avec désinvolture.

Le verre rempli de vin rouge reflète dans mes yeux,
Une vitrine où se retrouvent la pluie et les soucis,
Pas de destination vers le soleil des tropiques,
Quelques verres, c'est moins cher, et surtout plus pratique.

J'ai pas sommeil, mon esprit vagabonde,
Maison, boulot, le monde, la vie, l'amour,
Faut pas boire, je sais que c'est pas bon,
Quand ça ne va pas, je me libère de l'ennui dans l'alcool.

Des fois je pense à faire péter mon cerveau,
La joie d'autrui me fait trouver un décalage,
Cet Éden est peut-être après l'horizon !
Il faut que je m'arrête ou je vais perdre la raison.

J'ai pas sommeil, mon esprit vagabonde,
Maison, boulot, le monde, la vie, l'amour,
Faut pas sombrer, je sais que c'est pas bon,
Quand ça ne va pas, qu'est-ce que je peux être con !

J'ai pas sommeil et c'est toujours pareil,
Maison, boulot, le monde, la vie, l'amour,
Faut pas sombrer, je sais que c'est pas bon,
Quand ça ne va pas, qu'est-ce que je peux être con !

J'ai pas sommeil...

# Exit

Lorsque tu sais qu'elle va partir
Tout te manque
Même l'air que tu respires,
Tu vis d'un coup dans un monde
En noir et blanc,
Le soleil se couche et c'est pour longtemps.

Tu tournes en rond comme un lion en cage,
Elle ne sait pas que cette rupture de ménage,
T'anéantit, te tue et qu'à ton âge
Tu es plus faible et n'as plus de ramage.

Comme un vieux pigeon tout déplumé
Tu te laves dans le caniveau pour essayer
De te marier avec toute la misère,
Le vide total, la déchéance, le cancer.

Tu vas souhaiter sa mort et son amour
Vouloir la tuer et mourir à ton tour
Ou tout effacer, redémarrer pour toujours,
Des retrouvailles imaginer le discours.

Ici c'est fini, tirez le rideau !
Je vais me coucher, vous tourner le dos.
Je ne peux pas puiser en moi cette force
Éviter le boum de mon coeur qui s'amorce.

J'ai fermé les yeux, quel silence !
J'étais comme un oiseau sur la branche,
Je me suis envolé, plus de nuit blanche,
Ceux qui s'éclatent se payent de sacrées tranches.

## 演员退场

当知道她将要离开你时
失去一切连呼吸的空气，
瞬间世界变得黑暗空白
如太阳落下后永不升起。

你转来转去如猛狮囚笼，
她根本不知道这次离婚，
使你颓丧，毁灭，你的年龄
岂再有小鸟围着你啭鸣。

如同掉光羽毛的老鸽子
你在阴沟里洗澡为验试
你那与痛苦结合的婚姻，
彻底的空白，衰退，和癌症。

你期望得到她爱和她死
愿杀死她再轮到你去死
或全部抹掉，再重新开始
彼此再现想象中的言词。

就此结束，拉上你的帷幕！
我去睡觉，朝你们转身去，
我不能使出身上这力气，
免得我心脏的泵浦打气。

我闭上眼睛，竟如此安静！
我如小鸟在树枝上暂停
然后远飞，再不彻夜难眠
这次让我玩得高兴尽情。

## Sensibilité chinoise

Lorsque tu sais qu'elle va partir
Tout te manque même l'air que tu respires,
D'un coup le monde devient noir et vide,
Comme après un coucher de soleil qui ne se lève plus.

Tu tournes en rond comme un lion en cage.
Elle ne sait absolument pas que cette rupture de ménage
T'anéantit, te tue et qu'à ton âge
Les petits oisaux ne chantent plus auprès de toi.

Comme un vieux pigeon tout déplumé
Tu te laves dans le caniveau pour essayer
De te marier avec toute la misère,
Le vide exhaustif, la déchéance, le cancer.

Tu vas souhaiter son amour et sa mort
Vouloir la tuer et mourir à ton tour
Ou tout effacer, redémarrer pour toujours,
Se retrouver à nouveau, imaginer le discours.

Ici c'est fini, tire ton rideau !
Je vais me coucher, vous tourner le dos.
Je ne peux pas puiser en moi cette force,
Éviter le boum de mon coeur qui s'amorce.

J'ai fermé les yeux, quel silence !
J'étais comme un oiseau sur la branche un instant,
Puis je me suis envolé loin, plus de nuit blanche,
Ceux qui s'éclatent se payent de sacrées tranches.

# Adieu

Tout est réglé, les papiers, les discours.
On se fait une bise un peu gênés dans la cour,
À une prochaine ou à un de ces jours !
On sait très bien qu'il n'y a plus d'amour.

Voilà dix ans relégués aux archives
Près des albums, des cassettes vidéo
Premier pas de bébé, son premier vélo,
Le dossier du divorce est caché tout en-haut.

On se sent bien avec sa petite valise,
On se sent libre et tout cela nous grise,
C'est la vie avec toutes ses bêtises
Qui nous fait croire aux week-ends à Venise.

Les jours qui suivent ont un parfum exotique.
Sorties, soirées, ciné, aventures, pique-nique
On se sent fort et du monde on a faim,
La vie est belle et qu'est-ce que l'on est bien !

Chez les copains y a quand même un truc qui gêne,
Ils sont en couples et voient arriver ce jeune chien
Qui par sa vie pisse sur toute les clôtures,
On n'y peut rien c'est tout de même la nature.

Et puis les copains surveillent leurs femmes
Qui trouvent ce monôme plutôt plein de charmes,
Tu vois pas qu'il nous ferait vivre un drame ?
Faut suivre ça d'près, surveiller c'qui se trame.

D'un coup, le téléphone se met au repos,
Plus un appel, pas un sourire, un allô !
Les mecs tout à coup vous tournent le dos,
La jalousie se développe et c'est pas beau.

Voilà trois ans que j'vis avec Margaud,
Tous ses copains sont super rigolos,
Y a rien à mettre sur l'étagère du haut,
Si, mes copains qui m'ont tourné le dos !

## 永别

都已解决，书面文件，口头商量。
连行吻腮礼时心中都感勉强
说声下次见或说总有一天见！
各自清楚彼此之间爱不重现。

在有十年历史的家庭档案里
紧靠着盘盘录像带，本本影集
贝贝学路，他的第一辆自行车
离婚文件使这一切破碎支离。

双方感到轻松随身带着箱子
各自感到自由为此欢天喜地
是生活陪伴他们所有的蠢事
谁相信我们在周末去威尼斯。

以后的日子有一个异国芳香
外出，晚会，影院，冒险，郊外野餐
人们感觉好时，就容易感到饿
生活好美取决人们是否舒畅！

然而同伴家有件事使人难堪
他们成双成对看着这狗囡囡
因弊得慌而把尿撒上了栏栅
无奈这生理需要亦属于自然。

于是同伴监视起他们的妻子
此时她们正处于无穷的魅力
你无视它让我们生活处悲剧?
盯住这些，看谁在搞阴谋诡计。

一下子电话的铃声处于休息，
不再有微笑，有“喂”，和电话联系!
这些家伙瞬间把背朝着你们
嫉妒迅速膨胀只是黔驴之技。

我和玛姑一起生活已有三载
所有她的同伴真是非常和蔼
没有什么可以放在书架上层
如我的同伴都对我不理不睬。

## Sensibilité chinoise

Tout est réglé, les papiers, les discours.
Même si on se fait une bise un peu à contrecoeur,
À une prochaine ou à un de ces jours !
Chacun sait qu'il n'y a plus d'amour, plus jamais.

Dans des archives de dix ans d'histoires familiales
Près des cassettes vidéo, des albums,
Premier pas de bébé, son premier vélo,
Le dossier du divorce détruit tout.

Chacun se sent à l'aise avec sa valise,
Chacun se sent libre et tout cela nous donne des joies
C'est la vie accompagnée de toutes ses bêtises
Qui nous fait croire aux week-ends à Venise.

Les jours qui suivent ont un parfum exotique
Sorties, soirées, ciné, aventures, pique-nique à la campagne,
On se sent fort, donc on a faim,
Quand on est bien dans sa peau la vie est belle

Or, chez les copains il y a un truc embarrassant
Ils sont en couples et voient arriver ce chiot
Qui par sa vie pisse sur toutes les clôtures
On n'y peut rien c'est biologique, c'est tout de même la nature.

Et puis les copains surveillent leurs femmes
Qui trouvent à ce monôme des charmes immenses,
Tu ignores qu'il pourrait nous faire vivre un drame ?
Faut suivre ça d'près, voir c'qu'il est en train de conspirer.

D'un coup, la sonnette de téléphone se met au repos,
Plus un sourire, pas un allô, plus de contact téléphonique.
Ces mecs tout à coup vous tournent le dos,
La jalousie se developpe parce qu'ils sont nuls.

Voilà trois ans que je vis avec Margaud
Tous ses copains sont vraiment super sympas
Y a rien à mettre sur l'étagère du haut.
Si, mes copains qui ne veulent plus me parler !

# Tourne manège

La vie est un carnaval
Une grosse tête sur un cheval,
Une poupée sur un pal,
Une chanson, un rythme, des cymbales.

La vie est un opéra,
On chante, on meurt mille fois,
On écoute, parfois on ne comprend pas,
Une chanson et un air à la fois.

La vie est une mascarade,
Les décors sont carton pâte,
Les costumes crépon fade,
Un air, une chanson qui épate.

La vie est un spectacle,
Chacun sa scène ou son cloaque,
Chacun son rôle ou sa débâcle,
Standing ovation, qui fait la claque ?

La vie est un travelling avant,
On fonce, on rentre dedans,
La vie est un travelling arrière,
Enfance et cimetière.

La vie en chanson a un air,
La vie tête en l'air a un ton,
La vie en clef de sol c'est la terre,
La vie en clef de fa, ne va pas.

# 旋转木马在转

生活象是个狂欢节
聪明的人骑在马上，
大头娃娃穿木桩鞋，
歌声，节奏，乐器伴唱。

生活好象是场歌剧，
人唱，人死各一千次，
偶然听的不知其叙，
一首歌有一种样子。

生活是个假面舞会，
舞台布景是马粪纸，
服装行头是腿色纸，
扮相，随曲装腔作势。

生活就象是在演戏
在舞台上或污水里，
饰其角色或演溃击，
金钱能买,喝采不息？

生活象是个推镜头，
人们向前，进入画面，
生活又象个拉镜头，
有墓地也曾有童年。

歌中的生活好歆羡，
无忧的生活含全音，
高音的生活在人间，
低音的生活遇不辛。

## Sensibilité chinoise

La vie est comme un carnaval
Quelqu'un d'intelligent est sur le cheval,
Une poupée à grosse tête prend des pals pour souliers,
Une chanson, un rythme, avec des cymbales.

La vie est comme un opéra,
On chante, on meurt mille fois,
On écoute, parfois on ne comprend pas,
Une chanson et un air à la fois.

La vie est comme une mascarade,
Les décors sont carton pâte,
Les costumes crépon fade,
Un air, une chanson font des manières.

La vie est comme un spectacle
Sur sa scène ou dans son cloaque,
Jouer son rôle ou faire sa débâcle,
Peut-on l'acheter par l'argent, ovation frénétique ?

La vie est un travelling avant,
On fonce, on rentre dans l'image,
La vie est un travelling arrière,
Ayant cimetière et aussi enfances.

La vie en chanson est joyeuse,
La vie tête en l'air caresse un ton,
La vie en clef de sol c'est la terre,
La vie en clef de fa se fait mal .

# Bouge !

Lorsque le voisin du premier voit ma mine fatiguée,
Il ne peut s'empêcher de se remémorer
Les grincements de mon lit qui l'ont réveillé
Et ses lèvres, un sourire, ne peuvent qu'esquisser.

C'est sûr qu'un mec solitaire n'a que ça à faire,
Se taper du bon temps, au bon plaisir de la chair,
Et que vue de l'extérieur la situation doit plaire,
On oublie tout le reste en pensant j'aimerais le faire.

C'est vrai que mon lit grince, il faudrait que j'm'en occupe,
Chaque mouvement génère un bruit qui préoccupe
Mon voisin préféré à l'affût des potins,
Attendant le X de Canal pour s'occuper les mains.

C'est vrai que mon lit grince, à chaque fois que je bouge,
Et mon manque de sommeil qui me laisse les yeux rouges
M'oblige à gamberger jusqu'à tard dans la nuit,
Et personne n'en profite je suis seul dans mon lit.

C'est comme le mec qui boit pour oublier qu'il boit,
Comme un cercle vicieux, une spirale infernale,
Qui fait que je ne dors pas et que cela se voit,
Qui fait que je suis seul et cela me fait mal.

À quoi ça sert de se lamenter sur son sort
Quand au bout du compte on ressemble à un mort,
La sale tête qu'on se paye, cette tristesse maquillage,
Qui fait fuir dare-dare tout son entourage.

Faut se ressaisir mec ! de plus près se raser,
Mettre de l'eau de toilette, prendre goût à s'habiller,
Refaire un petit jogging, des sourires étaler,
Tant pis pour le voisin et ses rêves ''d'oreiller''.

Et voilà l'âme soeur qui occupe mon coeur,
J'ai enfin trouvé tout ce qui me manquait,
Un être à aimer, une envie d'exister,
Tant pis pour le voisin et ses rêves ''d'oreiller''.

Mon lit ne grince plus mais n'arrête pas de bouger,
Et souvent le matin j'ai les yeux cernés,
Mon voisin du premier n'a plus rien à imaginer.
Si " pauvre mec ! " pense-t-il, la vie n'est pas dorée.

Un jour sur ma boîte aux lettres il a vu nos deux noms,
Il s'est dit que peut-être ça allait être bon
Pour ses nuits de fantasmes et y a pas de raison,
Il va  écouter ça l'oreille collée au plafond.

# 动!

当一楼邻居见我脸色不好时，
这禁不止情地使他重想复思，
昨晚我床吱吱嘎嘎把他吵醒，
他嘴上淫荡的微笑不言其明。

肯定这单身汉此刻寂寞难受，
尽情享受美好的时间，肉体感受，
从外表看来似乎是顺理成章，
忘记其他一切妄认我爱放纵。

是事实床吱吱地响，我要留心，
每次动弹都发出讨厌的声音，
我邻居极喜欢窥伺这种隐私
等待某一器官兴奋时他手指......

是事实床吱吱地响，我翻身时，
我睡不着觉眼睛布满了血丝
有时迫使我思考甚至到黎明，
单身独睡夜间更感孤苦伶仃。

象有人酗酒是为忘记他自我，
象个恶性循环，如可怕的旋涡，
谁使我睡不着这已不用疑惑
谁让我变成单身使我好难过。

有什么用为他的命运而哭泣，
最终只剩躯壳灵魂早已迁徙，
为丑脸而付出，惨重的化妆费，
慢慢地和他周围的人说拜拜。

恢复镇静伙计！ 好好地刮胡子，
喷上一点香水，细心打扮自己，
重改内衣样子，庆幸无浪无风，
活该！我的邻居和他的“耳朵梦”。

好啦，灵魂姐姐占据了我的心，
我总于全找到我期望的知音，
一使我爱的人，一生存的支撑，
活该！我的邻居和他的“耳朵梦”。

我床不再吱吱嘎嘎，但动不停，
早上我常有黑眼圈象睡不醒，
我一楼邻居没什么再可想象，
“可怜家伙!” 他认为活得还不香。

某天在我信箱上有我俩名字，
他自言自语这次可能成事实，
为他幻觉般的夜为何不试尝
为此他把耳朵贴在天花板上。

## Sensibilité chinoise

Lorsque le voisin du premier voit ma mauvaise mine,
Il ne peut s'empêcher de se remémorer
Cette nuit les grincements de mon lit qui l'ont réveillé
Et ses lèvres, un sourire libidineux, ne peuvent qu'esquisser.

C'est sûr qu'un mec solitaire meurt de s'ennuyer,
Se taper du bon temps, et succomber au sensualisme,
Et que vu de l'extérieur cela semble juste,
Il oublie tout le reste, c'est extravagant, j'aimerais en faire autant.

C'est vrai que mon lit grince il faut que je fasse attention,
Chaque fois il gémit d'un bruit détestable quand je bouge,
Mon voisin préféré guette ce genre de secrets,
Ses mains attendent l'excitation d'un certain organe...

C'est vrai que mon lit grince, à chaque fois que je bouge,
Et mon manque de sommeil qui me laisse les yeux rouges
M'oblige à méditer parfois même jusqu'à l'aube,
Je suis seul et dors seul, dans la nuit, je me sens esseulé.

C'est comme le mec qui se pocharde pour s'oublier,
Comme un cercle vicieux, une spirale infernale,
Qui fait que je ne dors pas et que cela se voit,
Qui fait que je suis seul et cela me fait mal.

À quoi ça sert de se lamenter sur son sort
Quand au bout du compte on ne reste qu'un corps sans âme,
La sale tête qu'on se paye, ce maquillage hors de prix,
Qui fait Bye Bye petit à petit à tout son entourage.

Faut se ressaisir mon vieux ! bien se raser,
Mettre un peu d'eau de toilette, prendre goût à s'habiller,
Refaire un petit jogging, se féliciter sans marée ni vent,
Tant pis pour le voisin et ses rêves ''d'oreiller''.

Et voilà, l'âme soeur qui occupe mon coeur,
J'ai enfin trouvé quelqu'un qui sait apprécier mes talents comme je le désire,
Un être qui me fait aimer, un appui pour exister,
Tant pis pour le voisin et ses rêves ''d'oreiller''.

Mon lit ne grince plus mais n'arrête pas de bouger,
Et souvent le matin j'ai les yeux cernés par le manque de sommeil,
Mon voisin du premier n'a plus rien à imaginer
" Pauvre mec ! " pense-t-il, la vie n'est pas dorée.

Un jour sur ma boîte aux lettres il a vu nos deux noms,
Il monologue que peut-être, cette fois, ça va se réaliser
Pour ses nuits de fantasmes et pourquoi pas essayer
D'écouter ça en collant son oreille au plafond.

# Fun

J'avais besoin d'une coupe, d'un rafraîchissement
De ma tignasse évidemment.
Chez le coiffeur rendez-vous je prends
Samedi matin en me levant.

La shampooineuse m'accueille en souriant,
Son petit short est affolant,
Je sens dans mon ventre de l'intéressement,
Je lui confie ma tête reste confiant.

Lorsque ses mains me touchent doucement,
J'incline ma tête, ferme les yeux en rêvant
À ce massage qui lentement
Fait mousser, mousser ce savon blanc.

En trente secondes mon esprit bascule
Entre le oui et le non qui m'acculent,
Mon esprit s'envole vers des rêves affolants,
Dans sa bouche j'aimerais être un fondant.

Voilà monsieur c'était relaxant ?
Dit-elle en me raccompagnant
Vers le fauteuil où, maintenant,
Dans son p'tit jean, Robert m'attend.

Tout à coup je réalise qu'il me trouve charmant,
J'aimerais tant dire non, partir en courant,
Mais la shampooineuse au regard souriant,
Dans le miroir m'observe et c'est rassurant.

# 有趣

我需要修剪一下，吹一下，
不言而语是指我的头发，
理发店的预约我已定啦，
拜六上午如起得早的话。

洗发小姐接待我带微笑，
运动短裤使人神昏颠倒，
我感肚子顿时饥肠辘辘，
信任地把头托付她关照 。

当她手在我头上轻轻摸，
我歪着脑袋，闭上眼做梦，
慢悠悠地按摩按摩按摩，
这白色香波，泡沫生泡沫。

在30分钟中我神情惶惚，
在是和不是中支支吾吾，
心思飞向心血来潮的梦，
好愿成块糖在她嘴里酥。

先生，现在您感觉好不好?
她一边说一边把我陪到，
理发时坐的大安乐椅旁，
罗贝尔[1]在那朝我送秋波。

我如愿以偿感风华正茂，
想说不要不要，马上就跑，
在洗发小姐微笑眼神中，
我的感觉比进餐馆更好。

[1] '罗贝尔' 是一法国男人的名字，这里是指理发师。Robert est un nom d'homme français, ici est désigné le coiffeur.

## Sensibilité chinoise

J'avais besoin d'une coupe, d'un rafraîchissement,
Sous-entendu, de ma tignasse,
Chez le coiffeur rendez-vous je prends
Samedi matin si je me lève tôt.

La shampooineuse m'accueille en souriant,
Son petit short est ensorcelant,
Je sens d'un coup mon ventre gargouiller,
Et lui confie ma tête, reste confiant.

Lorsque ses mains me touchent doucement,
J'incline ma tête, ferme les yeux en rêvant
À ce massage lentement, doucement,
À ce shampooing blanc qui est moussant, moussant.

En trente secondes mon esprit est désorienté,
Entre le oui et le non je tergiverse,
Mon esprit s'envole vers des rêves fantastiques,
Dans sa bouche je veux être un fondant.

Monsieur, êtes-vous relaxé à présent ?
Dit-elle en me raccompagnant
Vers le fauteuil où je vais m'asseoir,
Robert est là, en train de me lancer des oeillades.

Je vois mes voeux exaucés, mes charmes sont excellents,
J'aimerais tant dire non, non, non, partir en courant,
Au regard souriant de la shampouineuse,
Je me sens mieux, comme si j'étais au restaurant.

# Joie

Une fleur est passée,
Pissenlit ou tulipe,
Et le vent a soufflé
Pollen et graminée.

Et grâce à la nature
Accident ou pensée,
Une soirée en été
Une fleur est touchée.

Les pétales sont tombés,
Et le coeur est gonflé.
En silence, en secret
Un fruit s'est développé.

Une fleur est marquée,
Le printemps est rieur
Le fruit vient de tomber
C'est l'instant de bonheur.

Le fruit est bien croqué
Et les graines rejetées
Seront un jour tulipes,
Pissenlits ou pensées.

# 喜悦

一朵花悠悠飘过，
郁金香或水仙花，
是微风轻轻吹来，
花粉和这乔本物。

是大自然的恩赐，
是偶然还是祈望，
夏天的一晚会上，
一朵好动人的花。

花瓣慢慢地落下，
子房渐渐的增大，
在沉默和悄悄中，
一个果实在发展。

一朵很注目的花，
春天又一次重回，
果实刚坠落地下，
那幸福瞬间呈祥。

熟透的果实裂开，
种子抽出新芽来，
这将又是水仙花，
郁金香或相思花。

## Sensibilité chinoise

Une fleur est passée doucement,
Pissenlit ou tulipe,
Et la brise a soufflé tendrement,
Pollen et graminée.

C'est la grâce de la nature,
C'est aléatoire ou bien invocatoire,
Une soirée en été
Une fleur est touchée.

Les pétales sont tombés peu à peu,
Et le coeur est gonflé petit à petit
En silence, en secret
Un fruit s'est développé.

Une fleur est marquée,
Le printemps est rieur
Le fruit vient de tomber
C'est l'instant de bonheur.

Le fruit est bien croqué
Et les graines rejetées
Seront encore tulipes,
Pissenlits ou pensées.

# Signes

Qui est mage, qui est télépathe ?
Comment croire à la chance, du lapin la patte ?
Je sors, tu es là, je pense, tu appelles, voilà, je souris,
La vie nous fait des signes, notre vie les oublie.

Pourquoi ces envies subites, ces pulsions, ces appels,
Qui font qu'on se réveille, ces pensées en plein sommeil ?
La nature nous drague, elle nous guide ; la terre, le ciel
Nous accompagnent, voilà leurs signes.

D'après toi pourquoi ? Est-ce nos routes qui se croisent,
La vapeur de nos glaces qui subliment
Cupidon, dans le ciel, qui nous toise,
Ajuste son arc et de ses flèches nous vise ?

Qui est mage, qui est télépathe ?
Le film n'est pas fini : c'est juste l'entracte,
Nous avons du temps dans la correspondance,
Les aiguilleurs ont du retard quelle chance

La terre et le ciel nous accompagnent
Je souris à ta présence, tu souris à ma voix
Qui est mage qui est télépathe ?
L'illusion c'est spectacle, moi je n'y crois pas.

Avant que ne se vide le carquois,
Avant un vol pour n'importe où, n'importe quoi,
Avant le départ, la tornade qui occulte,
Avant le poids des comptes, avant le sépulcre,

Avant que la vie ne nous laisse engoncés,
Que nos lunettes ne déforment les bas-côtés,
Que les atolls ne soient noyés,
Faisons une chrysalide pour pouvoir nous envoler.

# 信号

谁是占星家，谁是有心灵感应的人？
怎么相信这来自运气，除非是缘分？
我去，你在，我想你，电话铃声就响起
生活向我们招手，这曾被我们忘记.。

为什么这些瞬间的渴望，冲动，电话，
谁让我们醒来，这半夜的思念牵挂，
是大自然在引诱我们，是大地，天空
陪伴着我们，是它们在向我们靠拢。

依你看为什么？是我们路必将相跨，
我们冰上的水蒸气在徐徐地升华
爱神丘比特，在天上，正丈量着我们，
加上他的弓，他的箭正瞄准我们？

谁是占星家，谁是有心灵感应的人？
电影没有结束：只是幕间休息一阵，
我们很多有时间在我们的通信里
扳道工迟到反给我们带来好运气！

大地和天空和我们永久相依相亲
我微笑你的出现，你微笑我的声音
谁是占星家，谁是有心灵感应的人？
幻想这是在演戏， 我信这一切是真。

在爱神丘比特不出空他箭筒之前，
在能展翅无忧无虑自由翱翔之前，
在使天空一片漆黑的雷发怒之前
在比赛没亮分前，在没进坟墓以前，

在生命还没使我们耸肩缩背之前，
在我们眼镜镜片下端没变形之前，
在珊瑚岛没有被那海水淹没之前，
做一个蛹壳为了我们能够飞上天。

## Sensibilité chinoise

Qui est mage, qui est télépathe ?
Comment croire à la chance, plutôt les affinités ?
Je sors, tu es là, je pense à toi, voilà, tu appelles,
La vie nous fait des signes, nous les oublions.

Pourquoi ces envies subites, ces pulsions, ces appels,
Qui font qu'on se réveille, ces pensées en plein sommeil ?
La nature nous drague, c'est la terre, le ciel
Qui nous accompagnent, c'est eux qui nous rapprochent.

D'après toi pourquoi ? Est ce nos chemins qui se croisent,
La vapeur de nos glaces qui sublime lentement
Cupidon, dans le ciel, qui nous toise,
Ajuste son arc et de ses flèches nous vise ?

Qui est mage, qui est télépathe ?
Le film n'est pas fini : c'est juste l'entracte,
Nous avons du temps dans la correspondance,
Les aiguilleurs ont du retard et nous portent chance !

La terre et le ciel nous accompagnent pour toujours,
Je souris à ta présence, tu souris à ma voix,
Qui est mage qui est télépathe ?
L'illusion c'est spectacle, moi je n'y crois pas.

Avant que Cupidon ne vide son carquois,
Avant un vol pour n'importe où, n'importe quoi sans soucis,
Avant que la tornade ne se mette en colère, et que le ciel soit occulté,
Avant le poids des comptes, avant d'entrer au tombeau.

Avant que la vie ne nous laisse engoncés,
Que nos lunettes ne déforment les bas-côtés,
Que les atolls ne soient noyés par la marée
Faisons une chrysalide pour pouvoir nous envoler dans le ciel.

# Femme d'affaires

Sa démarche est sûre, son pas décidé
Elle coupe tous les fogs de son nez retroussé
Le vernis, le rouge à lèvres, c'est pas sa tasse de thé
Du matin au matin, c'est marcher et gagner.

Son regard est brillant, il ne faut pas y plonger,
Elle peut tout croquer de son air décidé,
Manger la vie, manger à se brûler,
Elle porte à ravir l'eau de Jean-Paul Gaultier.

Sous ses ensembles gris bleu comme un uniforme,
Elle essaie de cacher le charme de ses formes,
Pour faire oublier le diamant de son coeur
Qu'elle cache, qu'elle enfouit, avec toute cette ardeur.

Et pourtant le soir tard, bien après vingt-trois heures,
Lorsqu'elle est nue, toute seule dans sa salle de bains
Sur le miroir embué elle voit son coeur
Chercher dans ce regard autre chose que de l'ardeur.

Autre chose que de l'ardeur, par exemple du bonheur,
Le seul carburant qui fait battre son coeur,
Mais elle sait qu'elle puise au fond de sa torpeur
Le fond du réservoir qui reste avant la peur.

La peur de se dire à quoi bon cette hargne ?
Pour qui, pour quoi je cours, cette absence d'épargne ?
Que cette nuit courte me donne cette force
De me battre encore, et d'ouvrir toutes ces portes.

Sa démarche est sûre et son pas décidé,
Son regard est brillant il ne faut pas le changer,
Elle a remis son ensemble bien coupé, gris bleuté,
Si la vie est ce qu'elle est, elle va la manger.

Et toujours le soir tard, bien après vingt-trois heures,
Elle cherche dans son coeur le diamant enfoui,
Le bonheur partagé, une épaule, celle de l'autre,
Celui qui sait ouvrir un écrin gris bleuté.

# 女强人

她已开始行动，她的脚在起步
撩开所有在她翘鼻子前的雾
指甲油，口红，她不爱这缤纷
从早晨再到黎明，是前进取胜。

她发亮的眼神，不可陷入其中
以她决定的神态能指点彩虹，
挥霍生命，今日有酒今日必醉，
她的风格犹如高贵的古奇水。

在她象制服般的蓝灰套装下，
试验藏起她特有形式的无暇，
为能忘记她心中闪光的钻石
用她全部热情来埋葬和掩饰。

然而在每晚超过二十三点时，
当她裸身，一个人在洗澡间时
在朦着蒸气的镜子前作反省
寻问除热情外有否其它事情。

除热情外的其它事情，如幸福，
唯一的能源使她心跳能持续，
她知即使挣脱这人为的麻木
心灵深处还剩下羞涩和局促。

害怕自己谴责自己说何必抱怨？
为谁，为何我总等待，笃行不倦？
让这暂短的夜能给点我精神
争取敞开我心灵深处这扇门。

她已开始行动，她的脚在起步
她明亮的眼神，希望依然如故
她重新穿上蓝灰套装，得体和谐，
如生命属于她，她将把它耗竭。

总是在每晚超过二十三点时，
她寻找被埋葬在心中的钻石，
分享幸福，从一肩，到另外一肩，
他懂驰骋在这蓝灰荧光屏前。

## Sensibilité chinoise

Elle démarre, elle enjambe de son pas
Et soulève tous les brouillards devant son nez retroussé,
Le vernis, le rouge à lèvres, elle n'aime pas cette profusion
Du matin à l'aube, c'est avancer et gagner.

Son regard est brillant il ne faut pas y plonger
Elle peut commander l'arc-en-ciel de son air décidé,
Manger la vie, se saouler quand on a du vin, tant pis pour demain
Son style est comme le parfum élégant de Jean-Paul Gaultier.

Sous ses ensembles gris bleu comme un uniforme,
Elle essaie de cacher la virginité de ses formes,
Pour pouvoir oublier le diamant de son cœur
Qu'elle cache, qu'elle enfouit, avec toute cette ardeur.

Et pourtant le soir tard, bien après vingt-trois heures,
Lorsqu'elle est nue, toute seule dans sa salle de bains,
Devant le miroir embué elle fait son introspection,
Chercher dans ce regard autre chose que de l'ardeur.

Autre chose que de l'ardeur, par exemple du bonheur,
Le seul carburant qui fait battre continûment son coeur,
Mais elle sait que si elle s'arrache à sa torpeur artificielle
Il reste encore au fond de son coeur la timidité et la pudeur.

La peur de se dire à quoi bon cette hargne ?
Pour qui, pour quoi j'attends, cette fidélité ne se fatigue jamais ?
Que cette nuit courte soutienne un peu mon moral
Que j'essaye d'ouvrir cette porte au fond de mon coeur.

Elle démarre, elle enjambe de son pas,
Son regard brillant, elle espére le garder pour toujours,
Elle a remis son ensemble gris bleuté, bien coupé et harmonieux,
Si la vie est ce qu'elle est, elle va toute la manger.

Et toujours le soir tard, bien après vingt-trois heures,
Elle cherche dans son coeur le diamant enfoui,
Le bonheur partagé, d'une épaule, celle de l'autre,
Celui qui pourra maîtriser cet écrin en gris bleuté.

# Mon Elsa

Reste encore, les paroles s'en vont.
Dessine nos ombres enlacées au plafond.
Laisse-moi écouter la musique de ton coeur,
Symphonie silencieuse qui me fait un peu peur.

Reste encore, les paroles s'en vont.
Les mouettes immobiles comme en suspension
Guettent, complices, par-dessus nos épaules
Du plafond étoilé vers l'océan émeraude.

Reste encore, il faut se taire.
C'est l'écrit qui fait peur à défaut de nous plaire,
Cette bible de mots que nous voulons nous dire,
Où est-il ce serment que nous ne pouvons lire ?

Reste encore, il faut se taire.
Pas besoin de réseau interplanétaire,
Je sùis  satellite et toi planète terre,
Je reçois, tu émets ou peut-être le contraire.

Elles s'égrènent trop vite les secondes de nos vies,
Tu cours le matin et moi l'après-midi.
Je ne veux pas d'asymptote, plutôt être ta vie,
Reste encore, mektoub, c'était écrit.

# 我的爱丽丝

再无声地留一会吧。
天花板上映画着我们重叠的影子。
让我倾听你那心中这特别的音乐，
这沉默的交响乐真使我有点害怕。

再无声地留一会吧。
连海鸥都已滞步暂时停留在天空
羡慕地俯视着我们如此心心相印
从屋顶的星星直到碧波的太平洋。

再留一会儿， 但要闭口不语。
那些文字使我们快乐标准受怀疑，
这圣经般的句子是我们愿意说的，
在哪里还能让我们读到这些誓言。

再留一会儿，但要闭口不语。
不需要什么国际间的英特网，
我是卫星发射器，你是地面接收站，
或可能来个相反，我接收而你播发。

我们生活的每一秒钟走得真太快，
你奔波在每天上午，而我却在下午。
我更愿成为你生命而不是接近你，
再留一会儿吧，这是命运，早已注定!

## Sensibilité chinoise

Reste encore, les paroles s'en vont.
Dessine nos ombres superposées au plafond.
Laisse-moi écouter cette musique spéciale de ton coeur,
Cette symphonie silencieuse qui me fait un peu peur.

Reste encore, les paroles s'en vont.
Les mouettes immobiles comme en suspension dans le ciel,
Regardent d'en-haut, complices, nous entendre parfaitement,
Du plafond étoilé vers l'océan émeraude.

Reste encore, il faut se taire.
C'est le plaisir qui compense l'écrit,
Cette bible de phrases que nous voulons nous dire,
Où est-il ce serment que nous ne pouvons encore lire ?

Reste encore, il faut garder le silence.
Pas besoin de réseau interplanétaire,
Je suis satellite et toi planète terre,
Je reçois, tu émets ou peut-être le contraire.

Elles s'égrènent trop vite les secondes de nos vies,
Tu cours le matin et moi l'après-midi.
Je ne veux pas d'asymptote, plutôt être ta vie
Reste encore, c'est le destin, c'était écrit.

# Invocation

Est-ce qu'avec des mots simples on peut exprimer
Quelque chose de fort et un peu compliqué
Une situation ombrée qui cherche à s'éclairer
Une gorge nouée, et des nuits agitées ?

Est-ce qu'avec une chanson simple on peut éliminer
Les angoisses de l'attente, les interrogations,
Tous les désirs majeurs, toutes les aspirations ?
Noyer dans le sommeil après être bercé ?

Est-ce qu'avec une prière simple on peut espérer
Les yeux dans les étoiles, le coeur emmitouflé
Qu'au moins quelque chose change, que ça va évoluer
Que brille une pépite dans ces tonnes de gravier ?

Est-ce qu'avec un bonheur simple on peut éclabousser
Tout son entourage, de joie, d'amour et de gaieté,
Donner envie à l'autre de venir partager
Ce repas frugal, cette vie, en toute simplicité ?

## 祈祷

是否以简单的词人们能表示
某些强烈而又有点复杂的事
朦胧的处境，在寻找变得清晰
打结的喉咙，夜里的思绪袅袅？

是否以平凡的一首歌能驱散
那等待的焦虑，那无数的自问
得到抚慰后那些短暂的酣睡
所有的憧憬，所有的深切期望？

是否以默默的祈祷能够希望。
带着满心虔诚，双眼望着星星，
至少让某些事改变，不再渺茫，
成吨砂砾中有一小金块耀荧？

是否以淡淡的幸福能够揭开
在她快乐，爱，喜悦外面的面纱
让另一个人有希望分享期待
这种俭朴的生活，这淡饭粗茶？

### Sensibilité chinoise

Est-ce qu'avec des mots simples on peut exprimer
Quelque chose de fort et un peu compliqué
Une situation floue qui cherche à se décanter
Une gorge nouée, et des nuits avec des pensées ?

Est-ce qu'avec une chanson ordinaire on peut dissiper
Les angoisses de l'attente, les nombreuses interrogations,
Noyer momentanément dans le sommeil après être bercé,
Tous les aspirations, touts les désirs profonds ?

Est-ce qu'avec une prière mentale on peut espérer,
Le coeur caressant la piété, les yeux contemplant les étoiles,
Que quelque chose au moins change, que ça va évoluer
Que brille une pépite dans ces tonnes de gravier ?

Est-ce qu'avec un bonheur au goût léger on peut soulever
Le foulard et découvrir la joie, l'amour, et la gaieté
Donner envie à l'autre d'espérer, de venir partager
Cette vie en toute simplicité, ce repas frugal ?

# Belle

Tu es belle parce que le monde est plein de jolies filles,
Tu es belle car elles ne t'arrivent pas à la cheville,
Tu es belle comme une valse, tes défauts voltigent
Dans le tourbillon de tes sourires et la neige de tes souvenirs.

Tu es belle comme la terre avec ses forêts, ses océans,
Tu es belle comme un coeur, sa façade, ses volcans,
Tu es belle comme l'aube après une nuit de carnaval
Qui associe ton parcours, ton amour, point capital.

Tu es belle comme le vin prêt à boire car mâture,
Tu es belle comme ce vin qui se garde et qui dure,
Tu es belle sans atours et je t'aime nature
Avec tes passions, tes angoisses, tes dons, ton allure.

## 美

你很美丽因为世界充满了漂亮的姑娘,
你很美丽因为她们的能力和你不一样,
你很美丽犹如华尔兹，瑕疵也显得失重
在你微笑的旋转中和你回忆的雪花丛。

你很美丽犹如大地和它的森林，它的大海。
你很美丽犹如一颗心，它的外表，和内涵
你很美丽犹如狂欢一整夜之后的黎明
结合你的行程，你的爱，和你生活的强音。

你很美丽犹如美味诱人醇厚的葡萄酒,
你很美丽犹如葡萄酒被珍藏得很长久,
你很美丽也从不化妆，我自然地爱上你
你的热情，你的忧虑，你的气质，你的天资。

### Sensibilité chinoise

Tu es belle parce que le monde est plein de jolies filles,
Tu es belle car leurs capacités sont différentes des tiennes,
Tu es belle comme une valse, tes défauts gagnent l'apesanteur
Dans le tourbillon de tes sourires et la neige de tes souvenirs.

Tu es belle comme la terre avec ses forêts, ses océans,
Tu es belle comme un coeur, son apparence, sa connotation,
Tu es belle comme l'aube après une nuit de carnaval
Qui associe ton parcours, ton amour, l'accentuation de la vie.

Tu es belle comme le bon vin qui pousse à boire car moelleux,
Tu es belle comme ce vin qui se garde et qui dure,
Tu es belle sans maquillage, je t'aime nature,
Avec tes passions, tes angoisses, ton allure, tes dons.

# Contradiction

La retrouver en face de toi
C'est une impression de chaud et froid,
Tu la vois elle ne te voit pas,
Baisse tes yeux et file tout droit.

Crier et te taire à la fois,
Partir, espérant "attends-moi" !
Courir à l'opposé, à petits pas
T'éloigner, ton coeur ne le veut pas.

Doué de dons surnaturels
Comme dans le bois de la Belle,
Tu endormirais son château
Pour t'envoler avec elle.

Pour t'envoler à tire d'ailes,
Construire un nid douillet pour elle
À l'aide de rayons de soleil
Mais, le jour n'est pas éternel.

La nuit, pyjama du ciel,
Arrive vite et te rappelle
Que tu dors encore sans elle,
Que la vie n'est pas le bois de la Belle.

Espère, attends, la vie est drôle,
Parfois tu pleures, parfois elle colle,
Parfois gaieté, parfois refrain,
Parfois, un jour, pour toi demain.

## 矛盾

当重新来到你的面前时
是一种又热又冷的趣事
你看她时她一点不看你
低下眼睛逃避只向前视。

偶尔疾声陪伴时而沉默
想走，又期望你说“等等我!”
迈着小步朝着相反方向，
你远离，却让心愿受压迫。

善良的性格超然的才华
象木头公主[1]走出了童话
你睡在她美丽的城堡中
为远走高飞时能带着她。

为你飞翔时能展直翅膀，
给她造个柔巢在你身旁
借助那明媚绚烂的阳光
然而，白天才有太阳光芒。

黑夜，当月光可作睡衣时，
骤然使你唤起无情的现实
你睡时身边仍然没有她，
生活根本不象木头公主。

希望，等待的生活很滑稽，
有时你哭，有时它追随你，
有时轻快，有时老调重复，
有时，某天，对你就是翌日。

[1] 法国童话故事《睡着了的木头公主》中的主人公。 La protagoniste de « La Belle au bois dormant» dans un conte français pour enfant.

## Sensibilité chinoise

La retrouver en face de toi
C'est une chose intéressante chaude et froide,
Tu la vois elle ne te voit même pas,
Baisse tes yeux pour t'enfuir et file tout droit.

La haute voix et le silence à la fois,
Penser à partir, tout en espérant "attends-moi" !
Courir à l'opposé, à petits pas
T'éloigner, c'est ton coeur qui souffrira.

Un doux caractère doué de dons surnaturels
Comme la Belle au bois sortie d'un conte pour enfant,
Tu endormirais son beau château
Pour t'envoler au loin et pouvoir l'emmener.

Pour t'envoler à tire d'ailes,
Construire un nid douillet de ton côté pour elle
À l'aide des splendeurs des rayons de soleil
Mais, l'éclat du soleil n'est que dans la journée.

La nuit, quand l'éclat de la lune se fait pyjama,
Arrive vite et te rappelle la réalité inexorable
Que tu dors néanmoins sans elle,
Que la vie n'est pas du tout la Belle au bois.

Espère, attends, la vie est drôle,
Parfois tu pleures, parfois elle te suit,
Parfois allégresse, parfois rengaine,
Parfois, un jour, demain pour toi.

# Dis-moi

Que caches-tu dans tes « je t'aime »?
Qu'est-ce qui est noir dans ton diadème ?
Où est la joie, où est ta peine ?
Qu'elle est ta vie, qu'est-ce qui te mène ?

Rouler dans le sable, faire du vélo,
Se caresser, s'aimer dans l'eau,
Faire un bébé, jouer à sado,
Manger la vie, regarder plus haut.

As-tu eu faim un jour, une nuit ?
As-tu eu peur, quel est ton cri ?
Est-ce un « je t'aime » ou « un merci »?
Qui est ton père, ou ton mari ?

Rouler dans le sable, faire du vélo,
Se caresser, s'aimer dans l'eau,
Faire un bébé, jouer à sado,
Manger la vie, regarder plus haut.

Où sont tes marques ou tes repères ?
Trente-cinq ans passés, trente-cinq ans derrière,
J'ai deux passeports et billets en dernière,
Trente-cinq ans à vivre, paradis ou enfer ?

Rouler dans le sable, faire du vélo,
Se caresser, s'aimer dans l'eau,
Faire un bébé, jouer à sado,
Manger la vie, regarder plus haut.

Que caches-tu dans tes « je t'aime » ?
J'ai du savon, du collagène,
J'ai mes blessures comme halogène,
De la chaleur, du respilène.

Rouler dans le sable, faire du vélo,
Se caresser, s'aimer dans l'eau,
Faire un bébé, jouer à sado,
Manger la vie, regarder plus haut.

Quand tu veux que je sois en toi
Est ce que tu veux que je sois à toi ?
Tes petits cris, plaisir et joie,
Amour, ou les trois à la fois ?

Rouler dans le sable, faire du vélo,
Se caresser, s'aimer dans l'eau,
Faire un bébé, jouer à sado,
Manger la vie, regarder plus haut.

Que comprends-tu de mes « je t'aime » ?
C'est sûr je n'ai pas de beau diadème,
Il y a du plaisir, de la joie, il y a des peines,
La folie, la raison coulent dans mes veines.

Rouler dans le sable, faire du vélo,
Se caresser, s'aimer dans l'eau,
Faire un bébé, jouer à sado,
Manger la vie, regarder plus haut.

Quoique tu caches sous tes « je t'aime »
Me diras-tu qu'est-ce qui t'amène ?
Me diras tu qu'est-ce qui te gêne ?
Je n'ai qu'une place et c'est la tienne.

Rouler dans le sable, faire du vélo,
Se caresser, s'aimer dans l'eau,
Faire un bébé, jouer à sado,
Manger la vie, regarder plus haut.

# 告诉我

在你的《我爱你》中还意味着什么？
什么是你王冠上不闪亮的宝石？
哪里是快乐，哪里又是你的痛苦？
为什么它是你的生活，是什么把你带到此地？

相依相偎地滚在沙滩上，
相亲相爱地拥抱在水中，
生个贝贝，造个爱窝，
享受生活，遥望星空。

你是否有一天或一夜曾经饿过？
当你害怕时，你的叫声是怎样的？
是一声《我爱你》还是一声《谢谢你》？
谁是你父亲，谁又曾是你的丈夫？

相依相偎地滚在沙滩上，
相亲相爱地拥抱在水中，
生个贝贝，造个爱窝，
享受生活，遥望星空。

哪是你的标致哪又是你的准则？
35年的过去，还可有35年的未来，
我有两本护照和两张后舱机票，
还拥有35年生命，在天堂或地狱？

相依相偎地滚在沙滩上，
相亲相爱地拥抱在水中，
生个贝贝，造个爱窝，
享受生活，遥望星空。

在你的《我爱你》中还意味着什么？
我有伤口清洁剂，也有胶原蛋白，
我有象卤素一样的创伤，
有热情，也有镇静剂。

相依相偎地滚在沙滩上，
相亲相爱地拥抱在水中，
生个贝贝，造个爱窝，
享受生活，遥望星空。

什么时候你能愿意让我拥有你？
你是否愿意让我将永远属于你？
你会因为高兴和快乐轻轻地叫，
还是因为爱使你三样一并兼得？

相依相偎地滚在沙滩上，
相亲相爱地拥抱在水中，
生个贝贝，造个爱窝，
享受生活，遥望星空。

你是否能够懂得我的《我爱你》？
可以肯定我没有 漂亮的王冠，
有来自快乐的喜悦，也有痛苦，
疯狂，和理性在我的血管中同流。

相依相偎地滚在沙滩上，
相亲相爱地拥抱在水中，
生个贝贝，造个爱窝，
享受生活，遥望星空。

不管你的《我爱你》中意味着什么，
告诉我是什么把你引向此地？
告诉我是谁让你受这般折磨？
我只有一个位子那就是给你的。

相依相偎地滚在沙滩上，
相亲相爱地拥抱在水中，
生个贝贝，造个爱窝，
享受生活，遥望星空。

## Sensibilité chinoise

Qu'est-ce qu'il y a encore dans tes « je t'aime » ?
Qu'est-ce qui est noir dans ton diadème ?
Où est la joie, où est ta peine ?
Qu'elle est ta vie, qu'est-ce qui te mène ?

Se tenir, s'attacher à rouler sur la plage,
Se chérir, s'enamourer, s'embrasser dans l'eau,
Faire un bébé, construire une niche d'amour,
Jouir de la vie, aspirer à une perspective.

As-tu eu faim un jour ou une nuit ?
As-tu eu peur, quel est ton cri ?
Est-ce un « je t'aime » ou un « merci à toi » ?
Qui est ton père, qui était ton mari ?

Se tenir, s'attacher à rouler sur la plage,
Se chérir, s'enamourer, s'embrasser dans l'eau,
Faire un bébé, construire une niche d'amour,
Jouir de le vie, aspirer à une perspective.

Où sont tes marques ou tes repères ?
Trente-cinq ans passés, trente-cinq ans derrière,
J'ai deux passeports et deux billets en tarif économique,
Je possède encore trente-cinq ans de vie, paradis ou enfer ?

Se tenir, s'attacher à rouler sur la plage,
Se chérir, s'enamourer, s'embrasser dans l'eau,
Faire un bébé, construire une niche d'amour,
Jouir de le vie, aspirer à une perspective.

Qu'est-ce qu'il y a encore dans tes « je t'aime » ?
J'ai du produit pour les plaies, du collagène pour regain de jeunesse,
J'ai mes blessures comme halogène,
De la chaleur, du respilène.

Se tenir, s'attacher à rouler sur la plage,
Se chérir, s'enamourer, s'embrasser dans l'eau,
Faire un bébé, construire une niche d'amour,
Jouir de le vie, aspirer à une perspective.

Quand tu veux me laisser te possèder,
Est-ce que tu veux que je sois à toi ?
Tes petits cris, plaisir et joie,
Amour, ou les trois à la fois ?

Se tenir, s'attacher à rouler sur la plage,
Se chérir, s'enamourer, s'embrasser dans l'eau,
Faire un bébé, construire une niche d'amour,
Jouir de le vie, aspirer à une perspective.

Que peux-tu comprendre de mes « je t'aime » ?
C'est sûr je n'ai pas de beau diadème,
Il y a du plaisir de la joie, il y a des peines,
La folie, la raison coulent dans mes veines.

Se tenir, s'attacher à rouler sur la plage,
Se chérir, s'enamourer, s'embrasser dans l'eau,
Faire un bébé, construire une niche d'amour,
Jouir de le vie, aspirer à une perspective.

Quel que soit ce qu'il y a sous tes « je t'aime »
Me diras-tu qu'est-ce qui t'amène ?
Me diras-tu qu'est-ce qui t'a fait recevoir cette souffrance ?
Je n'ai qu'une place et c'est la tienne.

Se tenir, s'attacher à rouler sur la plage,
Se chérir, s'enamourer, s'embrasser dans l'eau,
Faire un bébé, construire une niche d'amour,
Jouir de le vie, aspirer à une perspective.

## Je veux

Je veux réaliser mon voeu le plus cher,
Un mélange d'esprit, d'être, de savoir-faire,
Un prolongement de l'envie de ma chair,
Tu sais ce moment où tu ne faisais que me plaire !

Je veux remercier le hasard d'avoir fait
Prolonger nos printemps par ces mois d'été
Où la chair a laissé l'esprit communiquer,
Où de battre, nos coeurs, soudain ont palpité.

Je veux, aux étoiles, à la terre, dire merci,
De faire passer ces jours, ces années aussi,
De toujours te retrouver partout et dans mon lit.
Avec toi je veux vivre, échanger, construire...
Réussir cette alchimie.

# 我愿

我愿实现我一生最宝贵的心愿，
一个夹杂的意识，生命，处世哲学，
一个我肉体好想延续的幸福涟漪
你知道此时你做的只让我更爱你！

我要感谢这偶然间的磁场感应
夏天的岁月延长我们的春天情
在那里意识交流成了第一需要
在那里我们心脏突然加快了跳。

我愿仰着头朝着星星说谢谢你，
让这些天，这些年和我长相依
在我生命中在我床上永远有你，
我愿和你生活，交流，构筑……
成功这个炼丹秘密。

## Sensibilité chinoise

Je veux réaliser mon voeu le plus cher,
Un entremêlement d'esprit, de vie, de philosophie, de savoir-faire,
Un prolongement de l'ondulation du bonheur, de l'envie de ma chair,
Tu sais ce moment où tu ne faisais que me laisser t'aimer plus !

Je veux remercier ce hasard, de l'induction d'un champ magnétique
Prolonger nos émotions printanières par ces mois d'été
Où la communication spirituelle devient la première envie,
Où nos palpitations s'accélèrent instantanément.

Je veux lever la tête vers les étoiles dire merci,
De me faire avoir pour toujours ces jours, ces années aussi,
De te retrouver à jamais dans ma vie et dans mon lit.
Avec toi je veux vivre, échanger, construire...
réussir ce secret d'alchimie.

# ''Embrasse-moi !''

Ta bouche est un coeur,
Tes lèvres sont cerises
Et c'est un vrai bonheur
Quand ma flamme elle attise.

Ta bouche est un aimant
Où la mienne se colle
Un peu comme un volcan
Quand ma boussole s'affole.

Ta bouche est un orage
Et parfois un murmure
Au creux de mon oreille
Des mots fous me susurre.

Ta bouche est une blessure
Qui guérit, qui rassure,
Une coupe de fruits frais
Une fontaine qui désaltère.

Ta bouche est un éclat
De rire ou de cristal
Du champagne, du chocolat
Un remède quand ça va mal.

Mes lèvre ne connaissent plus
D'autre goût, d'autres sèves,
D'autres phrases non plus,
Que celles de tes lèvres.

# "吻我吧！"

你的嘴是一颗心
你的嘴唇是樱桃
如此神秘的吸引
当我火焰在燃烧。

你的嘴是块磁铁
我的嘴常被吸住
有点象火山喷泻
当我指南针失误。

你的嘴是暴风雨
偶尔又悄声细语
在我耳边轻轻诉
使我陶醉的言语。

你的嘴是道伤口
已愈合，使人放心
象盘水果带甘露
象座喷泉带香沁。

你的嘴犹如晨曦
笑时清脆的嗓音
是香槟酒，巧克力
灵丹妙药治呻吟。

我嘴唇再也不道
其他滋味，和液汁
更不知其他句子
除你嘴唇中的词。

## Sensibilité chinoise

Ta bouche est un coeur
Tes lèvres sont cerises,
Un attrait si mystérieux
Quand ma flamme elle attise.

Ta bouche est un aimant
Où la mienne se colle souvent
Un peu comme un volcan jaillisant
Quand ma boussole est hors de contrôle.

Ta bouche est un orage
Et parfois un murmure
Tout près de mon oreille gazouille
Des mots fous qui me grisent.

Ta bouche est une blessure
Qui guérit, qui rassure,
Comme une coupe de fruits avec la rosée
Comme une fontaine avec suavité.

Ta bouche est comme les premières lueurs de l'aube
Ton rire au son cristallin
Du champagne, du chocolat
Un remède miracle au gémissement.

Mes lèvre ne connaissent plus
D'autre goût, d'autres sèves,
D'autres phrases non plus,
Sauf les mots qui sortent de tes lèvres.

# Le boute-en-train...

Le boute-en-train fait son office,
Devant un plat ou un café,
Tu aimes à l'entendre parler,
Tu aimes à l'entendre aimer.

Le boute-en-train fait son office,
Il réchauffe le haut de tes cuisses,
Fait saillir le bout de tes seins,
Trembler tes lèvres, trembler tes mains.

Le boute-en-train fait son office,
Il croît, caresse et s'immisce
Au creux de ton dos ou de tes reins,
Avance encore, avance mais glisse.

Le boute-en-train fait son office,
Toujours essayer, jamais produire,
Le boute en train rit mais est triste,
Ce n'est pas lui qui va construire.

## 良种马在：

良种马在例行它的公事，
在一份菜一杯咖啡前时，
你喜欢听她娓娓的言词，
你喜欢知道她所恋所斥。

良种马在例行它的公事，
朝思温暖你手和你纤指，
暮想温暖你心和你相思，
更愿摘个禁果与你分吃。

良种马在例行它的公事，
美慕鹰抓小鸡时的雄姿，
拥着你深深地吻千千次，
但心慌意乱总羞以启齿。

良种马在例行它的公事，
每次画饼充饥，不敢一试，
良马在笑但哀心痴痴，
这些何是它将要做的事。

## Sensibilité chinoise

Le boute-en-train accomplit sa formalité administrative,
Devant un plat ou un café,
Tu aimes à l'entendre murmurer,
Tu aimes savoir qu'il aime et qu'il déteste.

Le boute-en-train accomplit sa formalité administrative,
Le matin il pense à réchauffer tes mains et tes petits doigts,
Le soir il a envie de réchauffer ton coeur et ton amour,
Et plus, envie de cueillir le fruit défendu avec toi.

Le boute-en-train accomplit sa formalité administrative,
Il a envie d'être le grand aigle qui chasse le petit poussin,
Et l'entoure de ses bras, bise-bise, maintes et maintes fois,
Ô il est décontenancé, il manque toujours de courage.

Le boute-en-train accomplit sa formalité administrative,
Chaque fois il se contente d'un gâteau dessiné, jamais d'un vrai.
Le boute-en-train rit jaune avec tritesse,
Ce n'est pas lui qui va construire.

# Parcours

Il y a dans ta voix des phrases et des soupirs,
Des paroles sérieuses, des mots pour ne pas souffrir,
Un mélange bizarre d'eau et d'air que l'on respire,
Un mélange bouclier d'air et d'eau où l'on se noie.

Une maison bourgeoise, des haies, des ponts de bois,
Une grande allée où l'on ne s'attarde pas,
Une piscine, des volets ouverts, clos à la fois,
Une pendule qui sonne, un manège, des chevaux de bois.

Un cyclone intérieur qui jette le chaud, le froid,
Des avis partagés, une reine et puis des rois,
Un jardin japonais, un père, du chocolat,
Vivaldi, la lumière, un bol de thé chinois.

Il y a dans ta voix des trains sur le départ,
Des îles, des bateaux qui larguent les amarres,
Un système complexe, un grand jeu de miroirs,
Un coeur blessé qui respire seul dans le noir.

Des blessures guéries, cicatrices tribales,
Que la vie a sculptées les jours où ça faisait mal,
Une odeur de terre juste après la pluie,
Une promesse féconde, la terre, l'eau, le fruit.

Il y a de l'amour, de la tendresse aussi,
Un facteur fatigué par le poids des colis,
Un regard sous-marin, une sorte de torticolis,
Un peignoir élimé où l'on s'adapte aux plis.

Une joie résignée, j'ai joué, j'ai gagné !
Des livres, un téléphone, la pendule va sonner,
Un fort goût de café de temps à autre sucré,
Un aiguillage ouvert, l'envie de l'actionner.

# 行程

你声音中有文辞也有着叹息，
有认真的言谈，从不伤人的词，
交织着人们呼吸的空气和水，
掩体又是淹没人的水和空气。

一幢带篱笆有木桥的小洋楼，
一条通道人们在那不能滞留，
一个可关闭自如的大游泳池，
大自鸣钟，转马车在那慢慢遛。

一潜意识调节着懊丧和高兴，
一女王和才子们共同作决定，
一日式花园，巧克力，一好父亲，
辉煌的灯火，加中国茶的温馨，

你声音中有火车马上要启程，
一些岛屿，一些船解开了缆绳，
一个复杂的体制，一个大哈哈镜，
受伤的心在角落孤独地栖身。

一些愈合的伤口，块块的疤痕，
在生命上烙印痛楚难以容忍，
一阵泥土气息只在大雨之后，
期望使土地，水，果实得到惠恩。

有许多的温柔，也有许多的爱，
一个被沉重邮包累坏的邮差，
潜在水中的注视，伸长的脖子，
穿旧的浴衣使人适应其褶盖。

一稳拿的喜悦，我压赌我准赢！
一些书，一个电话，钟声叫我醒，
一杯浓咖啡有时有它的甜法，
道岔已经扳好，只渴望其运行。

## Sensibilité chinoise

Il y a dans ta voix des phrases et des soupirs,
Des paroles sérieuses, des mots pour ne jamais souffrir,
Le mélange d'eau et d'air que l'on respire,
Un abri d'eau où l'on submerge avec de l'air.

Une maison bourgeoise, des haies, des ponts de bois,
Une allée où l'on ne peut pas stagner,
Une grande piscine, des volets ouverts, clos à la fois,
Une pendule qui sonne, un manège qui tourne lentement.

Un cyclone intérieur qui régule la consternation et la joie,
Une reine et des érudits qui partagent des décisions,
Un jardin japonais, du chocolat, un bon père,
La lumière splendide, la convivialité avec le thé chinois.

Il y a dans ta voix des trains sur le départ,
Des îles, des bateaux qui larguent les amarres,
Un système complexe, un grand jeu de miroirs,
Un coeur blessé qui survit en solitude dans un coin.

Des blessures guéries, cicatrices tribales,
Que la vie marque au fer rouge, douleur insupportable,
Une odeur de terre juste après la forte pluie,
L'espérance féconde, la terre, l'eau, le fruit.

Il y a beaucoup de tendresse et beaucoup d'amour aussi,
Un facteur fatigué par le poids des colis,
Un regard sous-marin, une sorte de torticolis,
Un peignoir élimé où l'on s'adapte aux plis.

Une joie résignée, j'ai joué, j'ai sûrement gagné !
Des livres, un téléphone, la sonnerie de la cloche qui me réveille,
Un fort goût de café que tu sucres de temps à autre à ton goût,
L'aiguillage ouvert, l'envie de l'actionner.

# Rêve

J'ai rêvé d'une alcôve, aux couleurs orangées,
D'une couette légère, à la housse chamoirée,
D'une couette de duvet où l'on fait des bébés,
Un endroit tiède et doux où l'on fait des gâtés.

J'ai rêvé d'une rizière, sous un soleil cuivré,
Juste après le labeur, avant de se coucher,
Un repas épicé avec un bol de thé
Une soirée sans télé, un livre, deux oreillers.

J'ai rêvé d'un étang, écrin dans la forêt,
Une nymphe endormie, l'eau à trente-huit degrés,
Quelques papillons, des nénuphars, des pensées,
Un endroit merveilleux, pour s'abandonner.

J'ai rêvé d'un lagon, la plage, quelques rochers,
Un océan de vie, un horizon dégagé,
Ta tête sur mon épaule, le temps peut s'arrêter,
Un moment tellement fort qu'il ne faut pas parler.

J'ai rêvé d'une vie, doucement continuée,
Où je suis parapluie et toi ma rosée,
La tiédeur de tes reins contre mon ventre appuyés,
Le plaisir de ta voix dans tous ces jours passés.

J'ai rêvé tellement fort que je me suis levé,
Un regard, rassuré, tu es à mes cotés,
Merci à toi pour toute cette vie passée
J'aime tant avoir mon nez dans tes cheveux défaits.

Mes pensées vont à toi, comme l'eau à l'océan,
Et le soleil chaque jour, mélange nos sentiments,
Il extrait de ta chair des soupirs, un serment,
Le vent les porte à moi, ton eau, abondamment.

# 梦

我梦见一个橘红色的爱巢，
一条轻柔的被子，在罩着淡黄色床单的床上，
一个羽绒的被窝，在那里生命接吻播下贝贝，
一个温暖甜蜜的地方，在那里我们相宠相爱。

我梦见一块在古铜色太阳下的稻田，
就在繁重的耕种之后，在睡觉之前，
一顿稍有点辣的饭菜和一碗清茶，
一个不看电视的夜晚，一本书，两个耳朵。

我梦见一个池塘，象森林中的首饰盒，
一朵睡莲浮38度的水上，
一些蝴蝶，一些白荷，一些相思花，
一个神奇的地方，可终身住置于此。

我梦见一个泻湖，沙滩，和礁石，
一个充满生机的生活，拨出了一个新天地，
你的头靠着我的肩膀，时间都可以凝固，
如此强烈的瞬间，语言已显得多余。

我梦见一个生活，温馨永久，
在那里我是雨伞你是我的露水，
你那柔软的身体紧贴着我，
你那迷人的声音在今后所有的日子里。

在我如此强烈地梦想时我醒了过来，
一看，你就在我旁边，真让我好放心，
谢谢你能陪伴我过这今生今世，
我真好喜欢把我鼻子放在你披散的头发里。

我的思念萦绕着你，就象水流向大西洋，
每天升起的太阳交织着我们的感情，
你肌体如怨如诉地吟咏，象一个宣誓，
风把它们带给我，你汹涌澎拜的情。

## Sensibilité chinoise

J'ai rêvé d'une niche d'amour, aux couleurs orangées,
D'une couette légère, sur un lit à la housse chamoirée,
Où les vies se font des bises et sèment des bébés,
Un endroit tiède et doux où l'on s'aime et l'on fait des gatés.

J'ai rêvé d'une rizière, sous un soleil cuivré,
Juste après le labeur, avant de se coucher,
Un repas un peu épicé avec un bol de thé,
Une soirée sans regarder la télé, un livre, deux oreillers.

J'ai rêvé d'un étang comme un écrin dans la forêt,
Une nymphe endormie sur l'eau à trente-huit degrés,
Quelques papillons, des nénuphars, des pensées,
Un endroit merveilleux, pour s'abandonner.

J'ai rêvé d'un lagon, la plage, quelques rochers,
Un océan de vie, un nouvel horizon dégagé,
Ta tête sur mon épaule, le temps peut même se figer,
Un moment tellement fort que le langage paraît superflu.

J'ai rêvé d'une vie, doucement continuée,
Où je suis parapluie et toi ma rosée,
La tiédeur de ton corps fort contre le mien,
Le plaisir de ta voix dans tous ces jours passés.

J'ai rêvé tellement fort que je me suis levé,
Un regard, tu es à mes cotés, vraiment je suis rassuré,
Merci à toi pour toute cette vie passée
J'aime tant poser mon nez dans tes cheveux défaits.

Mes pensées vont à toi, comme l'eau à l'océan,
Et le soleil chaque jour, tresse nos sentiments,
Il extrait de ta chair des soupirs, comme un serment,
Le vent les porte à moi, ta passion abondante.

# J'ai aussi

J'ai aussi des cheveux blancs
Les drapeaux de la vie
Qui marquent avec le temps
Les printemps et les pluies.

J'ai aussi des rides au front,
Qui s'accentuent quand je souris,
Coulent les rivières sous les ponts,
Coule l'eau de la pluie.

J'ai aussi des mains vieillies,
Le vent, la neige ou le soleil
Qui caressent, et les soucis,
Qui quelquefois me réveillent.

J'ai aussi, comme ton corps
Un album de souvenirs,
Des secrets et des trésors
Qui n'attendent que ton sourire.

Comme le jasmin parfume le thé,
Poses ta tête sur mon épaule,
Oublies du temps les méfaits,
Jouons ensemble notre vrai rôle.

# 我也有

我已有依稀白发，
生活旗帜的象征，
是时间的素描画，
记着春天和雨声。

我额头也有皱纹，
微笑时显得更深，
小河在此轻轻吻，
雨水在此慢慢渗 。

我也有苍老的手，
是风雪或是太阳，
天天渗拂，和忧愁，
有时使我难入眠。

我也有象你本人，
一本回忆的影集，
有秘密和聚宝盆，
只等你的微笑启。

象茉莉花茶一样，
把头靠在我肩上，
忘记时间的创伤，
同演真正的角色 。

## Sensibilité chinoise

J'ai déjà vaguement des cheveux blancs
Le symbole des drapeaux de vie
C'est le croquis du temps
Qui marquait les printemps et les chuchotements de la pluie.

J'ai aussi des rides au front,
Qui s'accentuent avec le sourire,
Les rivières y font des bises tout doucement,
Les eaux de pluie y ruissellent lentement.

J'ai aussi des mains vieillies
C'est le vent et la neige ou le soleil
Qui caressent tous les jours, et les soucis
Qui me font parfois mal dormir.

J'ai aussi comme toi en chair et en os
Un album de souvenirs
Des secrets et des trésors
Qui attendent que ton sourire agisse.

Comme le jasmin parfume le thé,
Poses ta tête sur mon épaule,
Oublies les blessures du temps,
Jouons ensemble le vrai rôle.

# Si...

Si tu es surprise
Je suis ciel
Pour que tu me regardes
Lorsque tu lèves les yeux.

Si tu es cerisier
Je suis abeille
Pour te butiner
Et faire naître tes fruits.

Si tu as froid
Je suis châle
Pour te réchauffer
Être tout contre toi.

Si tu es au soleil
Je suis crème
Pour que ta main
Sur ton corps m'étale.

Si tu es plage
Je suis enfant
Faire des châteaux de sable
M'endormir en ton sein.

Si tu es neige
Je suis montagne
Le plus haut des sommets
Que tu sois éternelle.

Si tu es beurre
Je suis tartine
Et chaque matin
La vie nous marie.

Si tu es éolienne
Je suis vent
Pour faire tourner ta tête
T'essouffler en soufflant.

Si tu es fleur
Je suis terre
Je te donne la sève
Tes racines me pénètrent.

Si tu es vieille
Je suis canne
Sur moi tu t'appuies
Je suis toujours à ton bras.

Si tu es là
Je suis près de toi
Avec des mots qui n'existent pas
Avec des jeux pour que tu ne pleures pas.

## 如果……

如果你能惊喜
我愿意是天空
为你能看到我
当你抬起眼睛。

如你是樱桃树
我愿是小蜜蜂
为你传粉采蜜
让你累累硕果。

如你感到寒冷
我愿是块披肩
为你送上温暖
紧紧围裹着你。

如你淋阳光浴
我愿是太阳霜
为了让你的手
涂我上你肌肤。

如果你是沙滩
我愿是个稚童
堆许多沙城堡
让我睡你怀中。

如果你是白雪
我愿是座高山
在最高山峰上
守你天长地久。

如果你是黄油
我愿是面包片
这样每天早晨
生活联姻我们。

如你是蒲公英
我愿意是微风
为让你转过脸
朝你轻轻拂煦。

如果你是鲜花
我愿成为泥土
给你我的元气
让你根渗绕我。

如哪天你老了
我愿是你手杖
你可使劲压我
我永远支撑你。

如果你在这里
我就紧靠着你
想表达的语言已不存在
只有让你不再哭的游戏。

## Sensibilité chinoise

Si tu es surprise
Je veux être ciel
Pour que tu me regardes
Lorsque tu lèves les yeux.

Si tu es cerisier
Je veux être petite abeille
Pour te butiner
Et faire naître tes fruits.

Si tu as froid
Je veux être châle
Pour te réchauffer
Être tout contre toi.

Si tu prends un bain au rayon du soleil,
Je veux être crème solaire
Pour que ta main
Sur ton corps m'étale.

Si tu es plage
Je veux être petit enfant
Faire des châteaux de sable
M'endormir en ton sein.

Si tu es neige
Je veux être montagne
Le plus haut des sommets
Que je te garde éternelle.

Si tu es beurre
Je veux être tartine
Ainsi chaque matin
La vie nous marie.

Si tu es éolienne
Je veux être brise
Pour faire tourner ton visage
T'essouffler en soufflant.

Si tu es fleur
Je veux devenir terre
Je te donne la sève
Tes racines me pénètrent.

Si tu es vieille
Je veux être ta canne
Sur moi tu peux appuyer fort
Je te supporte pour toujours.

Si tu es là
Je suis près de toi
Avec des mots que j'ai envie d'exprimer et qui n'existent pas
Avec seulement des jeux pour que tu ne pleures plus.

## Leçons de choses

Lorsque sur moi tes lèvres se posent,
C'est comme une grande leçon de choses,
Qui me fait voir des horizons nouveaux,
Me fait découvrir des petits bateaux.

Des bateaux qui, sur un océan de tendresse,
Vague après vague lentement progressent,
Maman ont-il des jambes ces frêles esquifs,
Qui viennent se jeter toujours sur mon récif ?

C'est découvrir des fraises, des épines et des roses,
Cueillir ces boutons, ces fleurs fraîchement écloses,
Comme un cerf-volant dansant au gré du vent,
Être guidé par des oiseaux au duvet caressant.

C'est dans un lagon bleu, les poissons qui caressent
Les coraux chatoyants avec délicatesse,
Sentir ton souffle chaud tel un doux sirocco
M'apprendre le désert sur les dunes de mon dos.

C'est aussi une abeille qui effleure et butine,
Accomplissant son oeuvre d'une grâce divine,
Ou alors papillon fermant les ailes dans son dos,
Qui cherche dans les corolles les précieuses gouttes d'eau.

J'apprends bien mes leçons, surtout les leçons de choses
Car la vie est un livre dont la préface impose
Des examens des diplômes que jamais on n'obtient,
Des commencements permanents pour repousser la fin.

# 入门知识课

当你的嘴唇吻在我的身上时，
象教了我一课从不知道的事，
让我看到了一道新的海平面，
那漂着一队小轻舟使人留恋。

小轻舟漂在温柔的太平洋上，
波浪随波浪慢慢地推向前方，
轻舟在漂，就象妈妈的腿在摇，
一次次把吻印上我的珊瑚礁。

象是草梅，荆棘和玫瑰的覆盖，
是刚采下的娇嫩吐芳的花蕾，
象一个风筝在风中轻盈起舞，
在小鸟羽毛指挥下翩翩舞袖。

就象鱼儿嘻闹在蓝色泻湖中，
以温情拥抱着闪色的珊瑚丛，
温和气息象轻柔的西罗科风，[1]
使我懂得背上沙丘荒凉无葱。

也象是一个蜜蜂在传粉酿蜜，
履行天神赐予它的圣神使命，
或是蝴蝶合起它背上的翅膀，
在花冠中寻找那珍贵的水珠。

我学了我一课从不知道的事，
生活象本书，在前言中已提示，
考试和文凭不会向人们提供，
从生命有始到终的知识汇总。

[1]. 一种来自于撒哈拉沙漠热而干的风。Un vent très chaud du Sahara.

## Sensibilité chinoise

Lorsque sur moi tes lèvres se posent
C'est comme apprendre une grande leçon de choses
Qui me fait voir des horizons nouveaux
Sur lequel flotte une désirable flottille d'esquifs.

Des esquifs qui, sur un océan de tendresse,
Vague après vague lentement progressent,
Les esquifs sont flottants, comme les jambes de maman se dodinent
Ils impriment une fois et encore une fois des fleurs labiées sur mon récif.

C'est comme découvrir des fraises, des épines et des roses
Cueillir ces boutons, ces fleurs fraîchement écloses,
Comme un cerf-volant dansant au gré du vent
Agite ses longues manches sous la baguette de plumes du petit oiseau.

C'est dans un lagon bleu les poissons qui s'amusent,
Qui embrassent les coraux chatoyants avec délicatesse,
Sentir ton souffle chaud tel un doux sirocco
M'apprendre le désert, sans vert, sur les dunes de mon dos.

C'est aussi une abeille qui effleure et butine
Accomplissant sa vocation d'une grâce divine
Un papillon fermant les ailes dans son dos
Qui cherche dans les corolles les précieuses gouttes d'eau.

J'ai appris mes leçons surtout les leçons à l'insu de choses
Car la vie est un livre dont la préface impose
Des examens, des diplômes ne nous offrent jamais
Une encyclopédie immuable du commencement à la fin de la vie.

# Au revoir

Lorsque sous la table nos deux pieds se rencontrent
C'est comme remettre une pile à nos montres,
À notre coeur une décharge d'adrénaline,
À notre souffle une traversée de piscine.

Alors ma main ose effleurer un instant
Le bout de tes doigts un peu tremblants,
Puis dans un assaut, presque maladroitement
Nos doigts se mêlent et se serrent fortement.

Dans ton regard je vois tout mon visage,
Perler la sueur sur les ailes de mon nez,
Mes lèvres trembler des mots à inventer,
Faut que je respire je suis toujours en apnée.

Et puis je vois aussi tes lèvres trembler,
Je sens tes doigts, tes pieds à moi se coller
Plus rien n'existe nous sommes satellisés
Vers un monde où rien ne peut nous arriver.

Et tout à coup cela se passe beaucoup plus vite,
Nous sommes debout main dans la main et, tout de suite,
Il faut nous fondre ensemble dans un même creuset
Comme si demain y aurait plus rien à manger.

L'un contre l'autre tels que Dieu nous a créés
Mains dans les mains, en croix, pieds contre pieds
Nous respirons en circuit fermé
Toute cette passion qui ne peut expirer.

Dans un airbus, métro ou T.G.V.
À travers la vitre dans tes yeux j'ai plongé
Pour voir briller les ailes de tous les nez
Les “ au revoir ” que toutes les lèvres ont tremblés.

À chaque seconde un arc-en-ciel se crée,
Un peu de pluie et de soleil mélangés,
C'est pourquoi la vie n'est belle que contrastée,
Que du noir ou du blanc, c'est pas beau à regarder.

# 再见

当我们俩的膝盖在桌子下相遇时，
象是加了节能使彼此穿连的电池.
让我们的心彼此释放着肾上腺素，
让我们的呼吸象刚横渡了游泳池。

那时我的手敢轻轻地一刹那掠过
你的那些指尖正稍稍地带着哆嗦，
接着就在这瞬间几乎是很拙笨的，
我们的手指彼此相交再紧紧相握。

在你的眼眸中我看到了我整个脸，
在我鼻翼前说着身心组成的语言，
我嘴唇发抖说着我创造出来的词，
定要深呼吸才行，因我总是在窒息。

然后我也看到你那轻轻颤抖嘴唇，
我感到你手指和你双脚朝我靠拢，
我们无视一切地进入了卫星轨道
朝着一个世界没任何人能够打扰。

刹那间这又是发生得那如此的快，
我们手握手地站着，在那瞬间一刻
我们双双要一起溶化在同一熔炉，
就好象是明天我们马上就要断餐。

主为我们创造了如此默契的宇宙，
双膝相触，四目相交，彼此手握着手，
我们的呼吸机制已处于停止状态，
这整个激情真可以使人马上断气。

在一个空中客车，地铁或高速火车，
我透过那玻璃窗陷入了你的眼神，
为了清楚的看到这些闪亮的鼻翼，
抖着嘴唇恋恋不舍地相互说‘再见’。

每一分钟天空就创造出一个彩虹，
一点点雨和红红的太阳混合交融，
这就是为什么生活只是美的衬比，
只有黑的或只有白的，这并不绚丽。

## Sensibilité chinoise

Lorsque sous la table nos deux genoux se rencontrent,
C'est comme connecter nos piles en série,
À notre coeur une décharge simultanée d'adrénaline,
À notre souffle comme si l'on vient de traverser la piscine.

À ce moment ma main ose effleurer un instant
le bout de tes doigts un peu tremblants,
Ensuite dans un assaut, presque maladroitement,
Nos doigts se mêlent et puis se serrent fortement.

Dans ton regard je vois tout mon visage,
Se prononcer des phrases composées avec le coeur sur les ailes de mon nez,
Mes lèvres trembler des mots à inventer,
Faut que je respire fort car je suis toujours en apnée.

Et puis je vois aussi tes lèvres trembler,
Je sens tes doigts, tes pieds s'approcher de moi,
Nous ignorons tout, et entrons dans l'orbite d'un satellite
Vers un monde où personne ne peut nous déranger.

Et tout à coup cela se passe tellement vite,
Nous sommes debout main dans la main et, tout de suite,
Il faut nous fondre ensemble dans un même creuset,
Comme si demain y aurait aussitôt à se priver de repas.

Une telle entente dans l'univers que Dieu nous a créé,
Genoux contre genoux, vision croisée, mains dans les mains,
Nous respirons en circuit fermé,
Toute cette passion qui ne peut vraiment expirer.

Dans un airbus, métro ou T.G.V.,
À travers la vitre dans tes yeux j'ai plongé,
Pour voir mieux briller les ailes de tous les nez,
Des “ au revoirs ” que des lèvres ont tremblé.

À chaque seconde un arc-en-ciel se crée dans le ciel,
Un peu de pluie et un peu de soleil mélangés,
C'est pourquoi la vie n'est belle que contrastée,
Que du noir ou du blanc, ce n'est pas à diaprer.

# Infiniment

En l'an 2999
Il n'y aura plus de non voyants,
De muets, de malentendants,
La génétique aura fait table rase
Des maladies apportées par le sang.

En l'an 3999
La terre sera devenue un cocon
Où le lait et le miel couleront
Les sous-développés n'existeront plus
On les aura virés, y'en aura plus

En l'an 4999
L'ordre mondial sera important,
Pour le garder on montrera les dents,
La guerre mobilisera tous les gens
Pour gagner la paix et c'est très important.

En l'an 5999
Dans sa cuisine, en chantonnant
Avec le sel, le poivre, les condiments,
Dieu cassera la terre comme un oeuf
Dans une poêle chauffée à blanc.

En l'an 6999
Dans le regard de son enfant
Une mère verra l'amour qu'il y a 7000 ans
Bébé trouvait en regardant sa maman.

Tenir entre ses mains son enfant
Le fruit de sa chair et de son sang
On peut imaginer la fuite en avant
Courir, courir indéfiniment.

En l'an 7999,
En l'an 8999,
En l'an 9999.

# 永恒

到2999年时
将不再会有盲人
也不再有聋哑人
遗传学将已征服
血液传播的瘟神。

在3999年时
地球将成个椰子
流着牛奶和蜜汁
发展中国家乌有
人们想去都没辙。

在4999年时
全球秩序极重要
维持这些不藐渺
战争牵动全世界
和平已成首需要。

在5999年时
做饭时可轻轻唱
和盐，胡椒，调味皇
上帝打地球如蛋
白热在法兰板上。

在6999年时
在她孩子的眼间
妈懂爱已七千年
贝贝看妈眼神时。

她拉着孩子的手
作品来自她血肉
可以想象一幅画
奔啊，奔啊朝前奏。

在7999年时，
在8999年时，
在9999年时。

## Sensibilité chinoise

En l'an 2999
Il n'y aura plus de non voyants
Ni de muets, de malentendants
La génétique aura conquis
Le génie de la peste qui contamine par le sang.

En l'an 3999
La terre sera devenue un cocon
Où coulera le lait et le miel,
Les sous-développés auront disparus,
On les aura virés, y'en aura plus.

En l'an 4999
L'ordre mondial sera important,
Pour le maintenir on ne sera pas négligeant,
La guerre mobilisera tout le monde,
La paix deviendra le premier besoin.

En l'an 5999
On fera la cuisine en chantonnant doucement
Avec le sel, le poivre, le roi des condiments,
Dieu cassera la terre comme un oeuf
Chauffera à blanc sur une poêle.

En l'an 6999
Dans le regard de son enfant
Maman a compris l'amour que depuis 7000 ans
Bébé trouvait en regardant sa maman.

Tenir entre ses mains son enfant
L'oeuvre issue de sa chair et de son sang
On peut imaginer un beau dessin
Courir, courir en symphonie.

En l'an 7999,
En l'an 8999,
En l'an 9999.

# Écoute mon fils

Dans la terre que l'on foule il y a des certitudes,
Des fourmis et des vers, des sources et des volcans,
De la vie, de la mort, des achats sur vingt ans,
Des racines, des parents, des rois et des perdants.

Dans la terre que l'on foule il y a un passé,
Des endroits arrosés de pluie, de sueur, de sang,
Des endroits desséchés oubliés par le temps,
Des châteaux enfouis, du pain et des diamants.

Dans la terre que l'on foule il y a le plaisir,
Du jardin qu'on cultive au pré où l'on s'étend,
Du bouton arrosé pour voir s'ouvrir la rose,
Des efforts accomplis pour voir naître l'enfant.

Dans la terre que l'on foule il y a l'espoir,
De voir des jours meilleurs et de verts pâturages,
Des montagnes, des vallées où l'on aime aller,
Des jardins secrets que l'on aime cultiver.

Et la terre que l'on foule après toutes ces années
De joies et de peines, de disettes et d'abondances
De traces des quatre empreintes, moi et l'être aimé,
Pour mieux donner encore vient nous récupérer

# 听着，我的儿子

在大地上生存的人怀着信念，
蚂蚁和蠕虫，火山和泉水小溪，
生命和死亡，一购买赎账20年，
根，父母，国王和战败者的哭泣。

在大地上生存的人曾有过去，
一些被雨，汗，血浇灌过的空间，
一些被时间遗忘干枯的地区，
一些秘密的城堡， 面包和金钱。

在大地上生存的人拥有喜悦，
一近在眼前远在天边的花园，
浇灌花蕾为了看到玫瑰之绝，
为看到贝贝出生而尽力不倦。

在大地上生存的人带着期望
眼望美好的日子青青的牧场，
那些人们喜欢去的峡谷，高山，
那喜欢藏在心灵深处的花园。

大地经过了这年年岁岁以后，
有高兴和痛苦，有贫乏和丰富，
两对脚印，我和我所热恋的人，
为更好的给予而向我们索徵。

## Sensibilité chinoise

La terre où l'on existe a des convictions,
Des fourmis et des vers, des fontaines, des petits ruisseaux et des volcans,
De la vie, de la mort, un achat sur vingt ans,
Des racines, des parents, des rois et des larmes de perdants.

La terre où l'on existe a eu des passés,
Des espaces arrosés de pluie, de sueur, de sang,
Des régions desséchées oubliées par le temps,
Des châteaux secrets, du pain et des pièces en or.

La terre où l'on existe possède la joie,
Du jardin sous la main et loin au bout du monde
Du bouton arrosé pour voir la beauté de la rose,
Des efforts accomplis pour voir naître le bébé.

La terre où l'on existe porte l'espérance
De voir des jours meilleurs et des pâturages frais
Des vallées, des montagnes où l'on aime aller,
Des jardins du coeur que l'on aime cultiver.

Et la terre où l'on vit après toutes ces années et touts ces âges,
De joies et de peines, de pénuries et d'abondances,
De deux paires de traces de pas, moi et l'être que j'aime,
Pour mieux donner encore vient nous récupérer.

# Fin et commencement

Le cheval est blessé, sa crinière est pendante,
Pourtant les étincelles des fers sur les pavés
Saluent à chaque pas, l'effort, la volonté
De l'animal, tirant cette voiture brinquebalante.

Le cheval est blessé, sa crinière est trempée,
Ses flancs sont blancs d'efforts, ses yeux exorbités,
Il a mal dans ses côtes, son cœur est prêt à rompre,
Peu importe si se désamorce la pompe.

Il sent comme une lame qui entre dans son poitrail,
Courir, toujours courir, du début à la fin,
Servir à ça ou rien, juste pour un peu de foin,
L'hôpital est là, arrêt après le portail.

Le jour se lève à peine, un bébé vient de naître,
Le cheval est blessé pour le petit de son maître,
Son souffle accompagne les cris du nouveau-né
Maman donne la tétée, le cheval s'est couché.

Le silence est total, rassuré tout le monde dort,
Bébé, le souffle calme, le nez contre l'oreiller,
Le cheval est blessé, les naseaux sur le pavé
Son souffle s'est transféré, c'est le jour... et la mort.

# 终与始

马受伤了，它的马鬃也耷拉着，
然而马蹄打着火星随着车辙
一步一磕，努力执著，尽力不舍，
慢慢地拉着这摇摇晃晃的车。

马受伤了，汗湿透了它的马鬃，
精疲力竭，眼球突出在眼眶中
肋骨剧痛，心脏随时会不跳动，
都已无所谓如水泵不想起动。

它感到一股眼泪在它的胸腔，
流啊流，不停地流，直到大西洋
有用或无用，仅为了一点草粮
医院就在那，大门后已无围墙。

天刚蒙蒙亮，一婴儿刚刚生下
受伤的马迎接那少东家到家，
它的呼吸伴着贝贝的啼哭声
妈妈给贝贝喂奶，马方去躺下。

周围一片寂静，大家进入梦乡，
贝贝，静静的呼吸，耳朵贴着枕头
马受伤了，头靠着地热泪长流
呼吸渐弱，这天……死神从天而降。

## Sensibilité chinoise

Le cheval est blessé, sa crinière est ainsi pendante,
Pourtant les étincelles des fers sur les pavés avec les ornières
Saluent à chaque pas, l'effort, la volonté, le coeur
De l'animal, tirant lentement cette voiture brinquebalante.

Le cheval est blessé, sa crinière est trempée par la sueur,
Il est exténué par sa rude tâche, ses yeux exorbités,
La douleur dominante issue de ses côtes, son cœur est prêt à rompre,
Peu importe si se désamorce la pompe.

Il sent comme une lame qui entre dans son poitrail
Couler, toujours couler, jusqu'à l'Océan,
Servir à ça ou rien, juste pour un peu de foin,
L'hôpital est là, après le portail sans rempart.

Le jour se lève à peine, un bébé vient de naître,
Le cheval blessé accueille ce jeune maître qui entre,
Son souffle accompagne les cris du bébé,
Maman donne la tétée, le cheval s'est seulement couché.

Le silence est total, tout le monde est dans les bras de Morphée,
Bébé, le souffle calme, le nez contre l'oreiller,
Le cheval est blessé, la tête sur le pavé et les larmes perlent,
Son souffle s'est transféré, c'est le jour... Mort arrive.

## 七律　无题

小妹

何时清风吹孤影？寒窗万卷读天明，石栈天梯金榜路，悲心雄心泪莹莹。何时清风吹孤影？长夜相思梦中吟，寸寸痴心嫦娥怜，但愿来生步你印。

Quand est-ce que la brise soufflera sur moi à nouveau ?
Dans des livres épais que je lis en veille,
Et dans le chemin abrupt où je travaille,
Le chagrin, les larmes, l'ambition, bravo.

Quand est-ce que la brise soufflera sur moi à nouveau ?
Dans la nuit noire où mes pensées se réveillent,
L'élégie que je chante dans mon sommeil,
Même la lune larmoie aussi pour ce morceau.

Y a-t-il une autre vie comme on me le dit ?
Pourras-tu souffler sur moi dans le paradis ?
S'il faut un rendez-vous je le prends aujourd'hui.

Je me transforme en petit oiseau à vivre,
À l'autre bout du monde seulement tu me conduis,
Tirer le pan de ta veste, pas à pas, te suivre.

Xiao MEI

## Sensibilité française

微风何时再吹向我?
在读到天明的书中，
在复杂的研究途中，
伤心，眼泪，雄心磅礴。

微风何时再吹向我?
在被思念唤醒的夜，
在悲歌清唱时的梦，
月亮也流泪同情我。

是否会有转世来生?
在天堂你再吹向我?
如要预约我马上做。

愿我变成小鸟依依，
海角天涯所在不惜，
一步一步追随着你。

Merci à mon grand frère.

谢谢我的哥哥。